*Une jeune fille aux cheveux blancs*

*Fanny Chesnel*

# *Une jeune fille aux cheveux blancs*

ROMAN

*Albin Michel*

*À mes parents et à Florent*

# 1

J'ai envie de disparaître. Les deux grosses bougies de mauvais goût se consument mollement devant moi. Le 6 tient encore le coup, mais le 0 n'a déjà plus de forme. J'ai l'impression d'être au crématorium, en train de regarder mes précieuses années se diluer dans de la cire chaude. Le gâteau, les sourires extatiques des enfants : tout est trop sucré.

Je fais bonne figure. Comme toujours. Je souris, je remercie tous ces visages que j'aime tant. Ils me sentent flancher, alors ils en rajoutent. J'ai l'impression d'être entourée de formol : on me préserve, on me ménage. Mais laissez-moi vieillir, merde !

Comme s'il lisait dans mes pensées, mon gendre-toujours-aussi-con lance à la cantonade :

– N'empêche, Caro, vous êtes quand même super bien conservée.

Lise lui lance son regard noir, qui me rend si fière. Ça ne pouvait pas être pire. Une caravane d'anges passe lentement.

Conservée ? C'est censé me remonter le moral ? C'est un peu comme s'il avait ouvert une vieille boîte de raviolis en se disant : « Mais c'est pas dégueu, c'est vachement bien conservé en fait ces trucs-là. »

Je n'ai jamais compris les goûts de mes filles en matière d'hommes, domaine dans lequel elles ne nous ont rien épargné. Nous n'avons droit qu'au gendre idéal, du genre qui vous caresse dans le sens du poil, sans se rendre compte qu'il vous le hérisse sévère. À nous les sempiternelles attentions du déjeuner dominical, les blagounettes récoltées au bureau dans la semaine et les positions politiques dépassionnées. L'autre soir, j'ai passé un disque des Stones et nos deux benêts l'ont écouté religieusement : scolaires, sages, en s'ennuyant poliment. Aucun dérapage, aucun excès, aucun mot plus haut que l'autre. Des garçons bien sous tous rapports qui vont emmerder mes filles jusqu'à la fin de leurs jours. Et je ne peux rien contre. Lorsqu'elles s'en apercevront, je ne serai certainement plus là pour constater les dégâts.

Au moins, le mien a plus de sève. En tout cas, à nos débuts, il vitupérait la terre entière, provoquant tout ce qui avait deux jambes et un nœud pap. Il refusait d'être prévisible, me faisait l'amour à n'importe quelle heure et ne se contentait pas de desserrer sa pauvre cravate du vendredi en criant « Allez, week-end, wouh ! ». Certes, à présent, le tableau a moins d'éclat. Nous ronronnons gentiment en ressemblant vaguement à des gens heureux. Cependant, certains soirs, il nous arrive encore de monter le son de la chaîne et de danser comme deux cons. « *Born to be wiiIIIIILLLLDDD… !*» On fait semblant d'y croire. Cela sonne certainement faux, mais putain que c'est bon.

Philippe me plaît toujours. Il me regarde avec amour en ce moment, du haut de ses yeux bleus baignés d'ironie qui semblent balbutier : « Je sais ce que tu es en train de vivre, mais regarde, je m'en suis sorti, laisse couler, fais un effort pour les enfants. » Il a des taches brunes sur la peau, comme si le soleil avait dégouliné sur sa figure. Cela lui donne un petit côté western plutôt sexy. Comme ils sont étranges les ravages du temps. Je n'arrive plus à me souvenir de lui sans lunettes, sans le gris tout autour, sans les fêlures disséminées un peu partout. J'ai l'impression que cela fait des siècles que nous sommes ainsi. C'est arrivé si vite, pourtant, en un éclair. Hier, on se mariait en s'angoissant pour tout un tas de détails dont personne ne se souvient, et aujourd'hui, voilà, c'est nous en vieux. L'autre version.

Tout à coup, j'aimerais l'embrasser à pleine bouche, qu'on oublie les enfants et la charlotte aux fraises pour se faire vraiment du bien. Caresser sa peau tannée, la bosse charmante de son ventre, tendue comme une excuse, avant de me laisser emporter dans l'ivresse d'un temps révolu. Mais je fais bonne figure. Comme toujours.

Je ne relève pas la remarque de Nicolas, qui a voulu une fois de plus me dire un truc gentil. Il ne comprendrait pas de toute façon : il est à côté des femmes. Il se croit à l'abri du danger derrière ses euphémismes chocolatés. Il ne pense pas, il emprunte, brandissant une expression appropriée pour chaque situation. Pas de sentiments, pas de débordements, pas d'incartades : le cerveau reste droit dans ses bottes et s'en tient au règlement intérieur. Lors de l'anniversaire d'une dame qui vacille, il faut sortir la fiche « Vous êtes bien conservée », ponctuer la formule d'un rictus de circonstance et avaler une gorgée de champagne pour faire passer le tout. Quelle ivresse ! Quelle personnalité ! Comment ma fille peut-elle ? Passons, voici l'heure des cadeaux.

C'est Sidonie qui me l'apporte. Elle a perçu le malaise et me claque un énorme bisou gorgé de crème chantilly. La seule chose à faire.

– Tiens, c'est pour pas que tu t'ennuies.

Elle m'arrache mon premier vrai rire de la journée.

C'est affreux. J'étais certaine que j'allais avoir droit au kit d'aquarelles. Lise et Rebecca ont peur du vide. C'est à moi de combler leurs angoisses. Tant que je peins, y a de l'espoir. Il faut que je m'agite, que je présente un emploi du temps opulent. Elles redoutent l'enfermement, la déprime, la défaite par abandon. Elles sont tellement belles, adorables, rigolotes, mais si seulement elles cessaient de prendre le contrôle de ma vie.

– Merci ! Si je peins comme je dessine, on n'est pas sortis du sable.

– C'est pour ça que nous t'avons également pris les cours d'initiation, me dit Lise avec conviction.

– Ah bon, aux Beaux-Arts ?

– Non, au club Nouvel Âge. C'est tout près d'ici, répond Rebecca.

– Qu'est-ce que c'est que ce truc ? Une secte ?

Tout le monde rit de bon cœur, sauf moi.

– C'est un centre de loisirs pour toutes les générations ? Avec des goûters communautaires entre jeunes en réinsertion et vieux en fin de vie ?

– Maman, tu es trop prévisible. (Lise ne supporte aucun de mes sarcasmes : la vie doit être merveilleuse quand elle le décide.) C'est la mère de Lucie qui nous en a parlé. Elle ne jure plus que par Nouvel Âge. Apparemment, c'est le paradis des retraités. Arthur, donne le paquet à mamie, s'il te plaît.

Il n'est pas empressé et devient tout rouge. Je sens qu'il accomplit un terrible effort afin de contenter sa mère. Il n'aime pas qu'on le regarde mon Arthur, c'est un enfant spécial. Il fuit les réunions, préférant son monde de dinosaures et de chevaliers surpuissants à toute autre compagnie. Je prends vite le paquet pour l'épargner et l'ai à peine attrapé que les boucles brunes ont déjà déguerpi pour se planquer à l'écart de l'agitation. Je l'aime ce gosse, c'est le portrait de Lise, avec ses billes sombres et sauvages.

J'ouvre la grande enveloppe. Une carte géante gribouillée de mystérieux dessins, de déclarations d'amour qui embuent immédiatement tous les yeux de l'assemblée, de vannes conventionnelles des deux pièces rapportées et de douceurs de mon homme.

– Merci à tous, je vous aime aussi.

– Tu vas t'éclater, maman ! Tu ne peux pas savoir ce que je donnerais pour avoir du temps libre. D'ailleurs, regarde, il y a autre chose dans l'enveloppe.

Effectivement, il y a autre chose derrière la carte. Acte manqué ou pressentiment, je ne l'avais pas remarqué. La brochure de Nouvel Âge. Un beau document plastifié qui sent le neuf, avec une police délicieuse pour avaler la pilule : Nouvel Âge en lettres rondes, liquides et vertes comme l'espérance. J'ai le sentiment qu'ils m'envoient à l'hospice et j'ai soudain une grosse envie de pleurer. Putain, je suis vieille. Je leur offre un rictus absolument navrant mais ultra-motivé, tandis que je parcours la liste des après-midi passionnants qui m'attendent : yoga, atelier informatique, cours d'œnologie, marche à pied ! Non, pas la marche en groupe quand même, ils ne m'ont pas fait ça ? Déjà, lorsque je visite un musée, j'ai envie de tous les tuer, alors si c'est juste la marche pour la marche et le groupe pour le groupe, c'est à se jeter dans le premier ravin qui passe, non ?

Bon, j'aviserai plus tard. Pour le moment, sourire. Remercier. Essayer au maximum de ne vexer ni Lili, ni Becca qui se vautrent dans l'autopersuasion.

– On se doutait que tu serais perplexe, mais tente le coup pour nous faire plaisir, tu vas adorer, j'en suis certaine, insiste Lise.

– Et puis, renchérit Rebecca en remontant ses longs cheveux roux en chignon au-dessus de sa nuque, ça va te donner un rythme, sinon, on a vite fait de se laisser aller en retraite. Toi qui es hyperactive, ça va te convenir à fond.

– Mais... – c'est d'une voix hésitante que je pose la question –..., je ne suis pas obligée de m'inscrire à tout, si ?

– Non, on t'a pris un carnet de tickets et les cours découverte sont gratuits.

– Super !

Je cherche un soutien chez Philippe, mais il est leur complice. C'est aussi son cadeau. Il pense également que j'ai besoin d'exercice, de voir du monde et de lui ôter sa culpabilité. Quand il rentre du bureau, il ose à peine me dire qu'il est exténué, comme si tout valait mieux que mes journées en creux. Et si moi j'avais envie d'avoir la paix, enfin ? Et si, pour la première fois de ma vie, j'avais envie d'être inutile ? de ne pas avoir un foutu emploi du temps à suivre à la lettre, pour oublier que c'est vers la mort que je vais tout droit ? Et si je pouvais choisir ce que j'ai envie d'accomplir ? Et si même, soyons fous, j'étais la mieux placée pour savoir ce qui me plaît ? Par exemple, à ce moment précis, je suivrais Arthur et nous nous enfuirions à quatre pattes dans un monde inaccessible qui n'appartiendrait qu'à nous.

Pourtant, je fais bonne figure. Comme toujours.

## 2

Un kilomètre à pied, ça use, ça use… J'y suis. J'ai chaussé mes plus vilaines baskets et me voilà barbotant gaiement dans la boue de l'automne en compagnie de mes semblables. La soixantaine pimpante, nous pétons le feu et c'est à qui sera le plus vaillant, le plus svelte et le plus marcheur d'entre nous. La guide lance blague sur blague, sinon pourquoi la paierait-on ? Toutes les cinq minutes, elle nous interrompt afin de nous énumérer des noms de fleurs dont je me fiche royalement. Comment avons-nous pu passer soixante ans sans savoir tout ça ? Je me demande qui a eu l'idée d'attribuer tous ces noms de maladies à une flore aussi jolie. Au lieu de décliner l'identité de chaque être vivant de la forêt, j'aimerais que l'on préserve leur clandestinité. C'est comme si je contemplais brièvement un passant, superbe, mystérieux, propice à la rêverie, et que quelqu'un me soufflait aussitôt dans l'oreille : « Il s'appelle Jean-Marie, il peut atteindre le mètre quatre-vingts, mais ne vit en moyenne que soixante-cinq ans parce qu'il y a du diabète dans sa famille. » L'instant de grâce est gâché, parasité par des informations qui nous empêchent d'apprécier la beauté, toute simple, sans papiers, des êtres vivants. Nous sommes partis depuis une heure et il n'y a pas eu un seul silence.

Nous marchons les uns contre les autres au pas de course, car il ne s'agit pas de mollir. Un bon retraité est un retraité en pleine santé. La plupart d'entre nous portent des montres high tech – cadeaux de Noël de leurs enfants en mal d'idées originales probablement – qui mesurent leur pouls, leur dépense calorique, leur vitesse, et qui font même GPS. C'est la compétition technologique. Jacky, à ma droite, est en lutte avec André pour savoir lequel des deux possède l'accessoire le plus performant. C'est plutôt amusant de les regarder comparer leurs engins et ça n'échappe pas à ma camarade Sylviane, qui en profite, avec un sourire moqueur et complice, pour entamer la conversation :

– C'est ta première promenade ?

– Oui, je découvre. C'est un cadeau de mes filles, enfin pas seulement la marche, mais Nouvel Âge.

– T'as combien d'enfants ?

– J'ai deux grandes filles, et toi ?

– Jamais trouvé le père. Je le cherche encore, mais pour la grossesse, dix ans après la ménopause, ce n'est pas gagné !

Cette femme fabrique quelque chose avec sa douleur de tendre et cinglant à la fois. On devine une personne vive, généreuse. Du haut de sa taille immense, elle poursuit :

– Qu'est-ce qu'elles font, tes filles ?

– L'aînée est DRH chez Darty et la cadette tient la librairie des Halles.

– Et toi, tu bossais avant ?

– J'étais dentiste. Rien de très romantique, mais j'adorais ce boulot.

– Moi, je n'étais pas très loin : infirmière à la polyclinique.

– C'est bizarre non, de parler de soi à l'imparfait ?

– Un peu. Ça me fait tout drôle quand on me demande ce que je fais de répondre « retraitée ».

– Moi ça fait déjà quatre mois, et toi ?

– Un an et demi, et je n'y suis toujours pas habituée. Pourtant je fais plein de trucs, je m'amuse, mais au bout du compte, ça me fait un vide de plus à combler.

– Remarque, pour rencontrer quelqu'un, c'est plutôt l'endroit, non ?

– C'est sûr, c'est du speed-dating ici, surtout à la marche.

Depuis tout à l'heure, j'observe avec délectation les couples qui se cherchent, les types qui attaquent et les filles qui espèrent. On nage en pleine adolescence. C'est les copains d'avant, avec des rides en plus. Nous rions avec Sylviane, même si je sens bien qu'elle aimerait devenir une cible elle aussi. J'ai rarement vu une femme aussi grande. C'est une voûte : on a peur de ce qui se passerait si la cathédrale se déployait. Son visage fin auréolé d'une peau diaphane semble presque épargné par les ans. Laissant ses bras se balader le long de son corps, elle n'avance pas, elle rame, tandis que ses jambes désynchronisées tanguent à chaque pas. Aucun nom de fleur ne lui échappe, indication manifeste que la demoiselle n'en est pas à sa première séance. Seulement, toujours rien. Bon sang, se taper tout ce dictionnaire des végétaux sans décrocher ne serait-ce qu'une invitation à dîner, c'est rude. Elle se fond néanmoins sans rancune dans le groupe, formant avec les autres cette constellation de solitudes, agglutinées les unes aux autres, parlant à tort et à travers pour oublier qu'enfants, elles voulaient devenir étoiles.

Nous sommes rattrapées par le peloton : échappée manquée. La conversation de la bande porte sur un sujet passionnant, les lignes de métro parisiennes. Un homme rougeaud qui rit de chacune de ses blagues depuis tout à l'heure prétend que la station Arts-et-Métiers est sur la 9, alors que l'autre affirme qu'elle est sur la 3. Le débat est très vivant et c'est bien malgré moi que je viens perturber cette joute fascinante :

– Excusez-moi, mais c'est surtout sur la 11, non ?

– De quoi ? me dit l'autre, à moitié aimable seulement.

– La station Arts-et-Métiers, elle est sur la 11. J'ai emprunté cette ligne pendant des années, donc voilà, c'est la 11 en fin de compte.

– Vous avez habité Paris ?

Et le piège se referme. Je suis inéluctablement embarquée dans la conversation et l'ai bien mérité. Depuis le début de cette marche, nous parlons météo à la cantonade, chacun ayant une technique personnelle pour prédire le temps. Ensuite, il y a cette grande polémique sur la date exacte à laquelle sont apparus les GR français, qui nous conduit à un duel entre Jackie et André – ils sont vraiment bien ces deux-là – afin de déterminer qui possède le plus de randonnées à son actif : le mont Blanc, le GR20 de Corse, mais « attention, il y a Corse et Corse », jusqu'à l'indispensable trekking au Népal. Enfin, nous poursuivons avec la RATP. Quelle était la ligne que nous utilisions le plus lorsque nous habitions Paris ? À quelle station descendions-nous ? Combien de temps de trajet ? Et le métro de Lyon, vous l'avez pratiqué ? Bref, que des gros dossiers. De quoi profiter des paysages pour méditer.

Tout à coup, miracle, le bavardage cesse. Contre toute attente, la nature prend le virage à la corde en passant devant nos yeux ébahis. C'est elle qui mène la course, enfin. Les bouches se ferment, les visages se détendent et l'émulation des joggeurs du lundi se transmue en contemplation. Les pépés sont babas. Le sentier a débouché sur une falaise qui suspend les secondes. Cela fait trente-quatre ans que j'habite la région, mais je n'étais jamais venue ici. C'est beau. La roche s'érode doucement sous nos pieds, majestueuse. La mer gagne du terrain, mais le grès résiste fièrement, sans lui consentir un millimètre gratuitement. En tombant, la poussière cendrée vient se coucher dans le sable. Ce n'est pas une capitulation, juste une dernière glissade vers un lit plus douillet. Nous nous sentons jeunots face à cette nature éternelle qui nous borde tels des marmots. Nous ne sommes que des petits joueurs et cette sensation nous ravit.

La frénésie reprend après ce précieux point d'orgue. Mes congénères sortent leurs barres énergétiques et leurs kits d'aquarelles de leurs sacs à dos. Nous avons tous reçu les mêmes cadeaux, comme à l'école. Encore une fois, je suis la mauvaise élève, j'ai oublié mon nécessaire à la maison. On m'avait dit « Marche », moi je suis bête et disciplinée, j'ai pris mon Lafuma et mon bâton de berger sans penser qu'on pouvait mélanger les plaisirs. Cela me permet d'observer en douce la technique de mes collègues. Ils m'ont l'air plutôt bons. Je n'en voudrais pas dans mon salon, mais ça ne déborde pas, les proportions sont respectées, il y a même des perspectives. Ils vont être consternés en découvrant mon niveau demain. À moins que je ne manque le cours. Je pourrais prétexter que Sidonie est malade et que je la garde parce qu'elle ne peut pas aller à la crèche. Il faudrait que mes filles me fassent un mot d'absence. En les prenant par les sentiments, je parviendrai peut-être à les convaincre. Je délire.

La mer est délavée comme si elle avait pleuré tout le jour. Ce sont ses grandes marées. Elle a vidé son sac sur la plage avant de repartir apaisée, délestée de tous ces paquets d'algues qui l'empêchaient d'y voir clair. C'est pour ça que le paysage est si joli. En plus, nous arrivons pour l'angélus, heure sublime. C'est quand la nuit tombe que le soleil est à son sommet. C'est bon pour nous cette métaphore.

Soudain, le rougeaud se met à imiter le sanglier,

fauchant toutes nos pensées par surprise. Nous n'avons pas le temps d'avoir peur. Son rire est si communicatif que nous lui emboîtons le pas, essayant de produire à notre tour un son de cochon sauvage. « Grouik, grouik ! » C'est n'importe quoi, confondant de bêtise. La minute exorcisme. Nous gesticulons face à la mer en nous montrant du doigt. De pauvres retraités, mi-hommes mi-sangliers, en train de rugir après l'enfance qu'ils ne retrouveront pas. Pathétiques, comiques ou simplement maladroits ? Nous parvenons à en rire. Ce n'est déjà pas si mal.

# 3

– Bien, nous allons commencer le réveil musculaire. Vous vous mettez deux par deux.

L'un fait la poupée de chiffon et l'autre soulève chacun de ses membres, en massant les zones tendues. On se décontracte, on fait le sas. On s'abandonne, on accorde sa confiance à l'autre.

Qu'est-ce que je fiche ici ? C'est le pompon : je vais me laisser chatouiller le mollet pour me relaxer ? Déjà qu'elle nous a obligés à nous déchausser afin de nous connecter avec « nos sensations ». Il faut encore se vautrer sur le tatami au milieu des hallux valgus et des cors aux pieds. Dans quoi est-ce que je me suis embarquée ? La prof attache ses cheveux rouge vif avec un stylo Bic avant de s'étirer comme un serpent. Toute la troupe a l'air grotesque et fière de l'être. Les soupirs de satisfaction ostentatoires et prolongés de mes voisins sont horripilants. J'hésite entre le fou rire et la crise d'angoisse. Les groupes se sont déjà formés et Sylviane m'envoie un clin d'œil pour me montrer qu'elle est avec un type bien roulé. Alors que je m'apprête à lui répondre, on me tape sur l'épaule.

– Pas trop de courbatures ?

Le rougeaud ! Il ne manquait plus que lui. J'ai envie de tuer Sylviane. Après tout, c'est elle qui m'a convaincue de la suivre au cours de théâtre avant l'aquarelle.

– Si, justement, j'ai mal partout. Je vais m'abstenir. Désolée.

La prof intervient aussitôt :

– Au contraire, c'est excellent pour les petites douleurs. Vous faites un peu d'arthrite ?

Pour qui elle se prend la hippie ? Elle n'a qu'à me traiter de grabataire pendant qu'on y est.

– Non, tout va bien merci... Ce n'est pas grave, ok, allons-y, euh...

– Roger, me dit-il en me tendant la main.

– Moi c'est Caroline.

– Je sais, me rétorque-t-il en riant.

Après tout, il est sympathique ce gars-là. Ce n'est pas Brad Pitt, mais en fermant les yeux et pour l'amour du théâtre...

– Vous faites la poupée ou je commence ? me demande-t-il en ayant conscience de l'incongruité de sa question.

– Après vous, je vous en prie.

Roger ne se fait pas prier. Il s'allonge d'un trait, puis s'abandonne sans préliminaires, attendant que j'accomplisse ma besogne, les yeux mi-clos et la mine réjouie. Lorsque je lui prends le bras gauche pour tâter le terrain, je soulève de la fonte, ni plus ni moins. Il est robuste et il lâche tout. À chaque mouvement, ses membres lourds retombent dans un son mat et puissant. Son corps contraste avec ses joues rouges et sa bouille d'enfant. Il est attendrissant ainsi, comme un chien sur le dos, tout surpris que l'on s'occupe de lui. Je me demande bien quel métier il pouvait exercer dans sa vie d'avant. Avant l'après dans lequel nous barbotons tous aujourd'hui. Garagiste ? plombier ? agriculteur ? Ses mains ont travaillé dur pour en arriver là en tout cas. D'ailleurs, je vais avoir l'occasion de m'en rendre compte puisque nous inversons les rôles à présent.

Il attrape ma jambe droite avec une précaution démesurée, d'un geste doux et attentionné.

– On ne joue pas dans la même catégorie. Vous, c'est plutôt poids plume, me lance-t-il pour désamorcer cette situation qui semble finalement le mettre plus mal à l'aise que moi.

– Vous êtes boxeur ?

– Ah non, c'est bien le seul loisir qui n'existe pas à Nouvel Âge !

– Ne me dites pas que vous êtes inscrit à tous les ateliers ?

– Pas loin, j'en ai deux par jour, plus quelques extras.

– Vous êtes accro ?

– Oh, c'est plutôt que je me connais, si je me laissais aller, je resterais devant la télé à rien foutre. Alors que Nouvel Âge, c'est tous les jours, ça me sort, c'est calé et on n'en parle plus. En fait, c'est une idée de mes enfants, ce truc-là. Au début, je trouvais ça cher et puis petit à petit on se crée ses habitudes, on a son groupe, ses copains, c'est un peu comme au boulot en fin de compte.

C'est précisément cette gémellité frappante avec l'école et le travail qui me gêne. Ces arrangements incessants avec notre liberté de penser, d'agir et d'aller où bon nous semble, nous ne les avons acceptés qu'en rêvant à ce moment béni où nous pourrions nous en affranchir : « Quand je serai à la retraite, j'aurai le temps de faire ci, de voir ça, d'aller là-bas… » Tu parles. À peine libéré, ça recommence : il faut dérouler le fil dans l'autre sens, en cherchant à recréer au plus vite le cadre qui nous étouffait tellement. L'emploi du temps, le lieu unique, les camarades, les obligations quotidiennes sont de retour. Plus de parents, plus de profs, plus de patron. On se croit sauvé, on s'imagine qu'on sera libre, mais tout à coup, c'est pire : c'est la mort qui nous talonne, surveillant le moindre de nos pas.

La prof nous demande de nous asseoir sur les chaises posées devant la scène. Elle monte sur l'estrade et se présente d'une voix calme :

– Pour ceux qui ne me connaissent pas encore, je suis Sophie. Je suis comédienne dans la troupe des Talents d'Achille et nous serons d'ailleurs en représentation au théâtre de la Butte à partir de mardi prochain. C'est une création autour du conte du *Chat perché* que je vous invite à venir voir avec vos petits-enfants. Je vais demander aux deux nouveaux de se présenter sur scène. On parle bien fort, on reste face au public, on trouve ses points d'appui dans le sol, on prend son temps, on respire en plaçant sa voix et surtout on ne gigote pas dans tous les sens, ça n'a jamais sauvé personne de la noyade.

Les autres rient. Je transpire.

– Caroline, tu veux bien commencer ?

Flash-back au tableau noir à l'école primaire : ma voix prisonnière, coincée sur le mode silencieux, plus de volume. Les copines hilares. La même sueur. Les mains moites crispées sur les plis de la blouse. La langue étouffée dans la gorge brûlante. Le vertige du ridicule. Sensation familière. Je n'ai pas dû progresser beaucoup. C'est probablement cela la signification d'Nouvel Âge. Le fond du message, c'est que nous en sommes toujours au point mort, malgré les heures de route.

– Bonjour, je m'appelle Caroline, donc. J'ai deux filles, un petit-fils et une petite-fille que j'adore. Je suis une mamie gâteuse, dans le bon sens du terme. Comme vous pouvez le constater, je n'ai jamais mis les pieds sur une scène et ce n'est pas forcément mon truc. En fait, ce sont mes filles justement qui m'ont offert l'inscription à Nouvel Âge. Et voilà.

– À part le fait d'être mère et grand-mère, ce qui est déjà formidable, qu'est-ce que tu peux nous apprendre encore sur toi ?

– Pardon, mais j'ai l'impression d'être chez la psy devant quinze personnes là.

– C'est à peu près ce que ressent l'acteur en effet, sauf qu'il est souvent devant plus de monde que ça.

– Mais je ne suis pas actrice, je suis dentiste ! Enfin, je l'étais avant d'être promue retraitée, le job le plus convoité de la planète, mais finalement pas le plus enviable.

– Là tu nous dis des choses. Tu as remarqué ton pied droit, comme il a martelé le sol quand tu nous as raconté ça ? C'était violent, un vrai moment de théâtre. C'est cette sincérité-là qu'il faudra que tu retrouves, lorsque nous irons sur les personnages. Continue, s'il te plaît. Essaie de nous lister tes qualités et tes défauts.

– Je commence par la bonne ou la mauvaise nouvelle ?

– Tu fais ce que tu veux. C'est ta scène, tu es chez toi, profites-en.

– Alors, la bonne nouvelle, c'est que j'ai un gros défaut, et la mauvaise nouvelle, c'est de ne pas admettre mes qualités. Ça complique l'exercice.

– Vas-y. Ne cabotine pas. Tu es belle, on le sait, ce n'est pas grave.

Elle me fait rougir, cette conne. Je la déteste avec ses pseudo-trucs de gourou. J'ai horreur de ce discours préfabriqué. C'est facile de paraître intelligent quand on est en position de force. Je voudrais bien la voir face à une rangée de caries, elle ferait moins la maligne.

– Belle ? Ce n'est pas ce que j'aurais dit en premier, quoique sois belle et tais-toi, ça m'aurait arrangée en l'occurrence… Donc, euh… par où commencer ? Je crois que je suis assez méprisante ; j'ai un peu tendance à prendre les autres pour des cons, ce qui me culpabilise et me pousse à être gentille pour compenser, et à force de les prendre de haut sans en avoir l'air, ironie du sort, je finis par les aimer pour de bon. Donc pour résumer, je suis une misanthrope un peu lâche, qui aime tout le monde par peur de ne pas s'aimer.

Je leur jette ça à une vitesse vertigineuse, tandis que des rires encourageants fusent ici et là. Je respire mal, me transformant progressivement en point de côté géant.

– Sinon, je suis perpétuellement empêtrée dans les méandres des régimes sans sel, sans sucre et sans saveur, à me dire que c'est ridicule de se gâcher l'existence, alors qu'on va tous finir en sacs d'os, mais que c'est important de se sentir bien dans son corps parce que j'ai le droit de vouloir séduire malgré mon grand âge. Je suis donc une femme futile qui croit très fort à la beauté intérieure, comme toutes les adolescentes de soixante ans ! Quoi d'autre ? Euh... je suis très indépendante et je rêve toujours d'avoir du temps pour moi, mais j'ai passé ma vie à l'offrir aux autres et, a priori, ça continue. Je suis une aventurière qui ne tente rien et une solitaire qui s'arrange toujours pour ne pas être seule. Il y a un truc qui cloche, mais je ne sais pas laquelle est la vraie : la solitaire ou celle qui vit pour les autres ? C'est difficile d'être sûre. Si on me donnait une baguette magique et qu'on me disait : « Change ta vie ! », je ne suis pas certaine que je ferais les bons choix parce que je suis bien comme ça et que risquer de tout perdre en espérant mieux, c'est un pari difficile, non ?

Je suis très émue et il y a un petit silence gênant devant moi.

– Bref, je suis paradoxale. En gros, c'est mon défaut principal. Enfin, voilà, ça suffit, non ?

– C'est pas mal pour un début, en effet. Tu peux te rasseoir. On applaudit Caroline qui a vraiment joué le jeu. C'est le but de l'exercice : on cherche des moments de vérité et il y en a eu quelques-uns. Merci beaucoup.

Quelques moments de vérité ? Elle est gentille. Elle vient de me transformer en tour de Pise. Je repars toute branlante, les fondations de travers. Est-ce qu'il faut que je retourne chez la psy ? Qu'est-ce qui m'a pris de leur balancer tout ça ? Pour un peu, je leur racontais papa, maman, l'enfance et ma vie sexuelle. Je perds carrément pied, là. Je suis belle en plus ? Pourquoi m'a-t-elle dit que j'étais belle, cette imbécile ? Je n'appelle personne au secours. Je me calme. C'est cette connerie de Nouvel Âge, Roger, Sylviane et tous ces retraités contagieux. Je sors de là et hop, rideau ! Je m'éclipse sur la pointe des pieds, sans paniquer.

Dehors, il y a du soleil. Finalement, ils se sont tous trompés hier sur la météo. Les rayons s'emmêlent dans les feuilles et moi dans mes pensées. La terre sent la pluie et j'ai soudain envie d'écouter Barbara ou un truc très triste dans ce genre-là. Je voudrais que Philippe me serre dans ses bras, pour partager avec lui toute cette mélancolie. Ce serait plus beau à deux ces arbres orange, ce sol d'automne, ces ombres sur nos vies. Mais je suis seule sur un parking et mon téléphone sonne.

– Allô ?

– Maman, c'est Lise, ça va ?

– Bien, et toi ?

– Oh, ça ne va pas toi ? Qu'est-ce qu'il y a ?

– Rien, c'est juste que… Il paraît que je suis…

– Quoi ? Maman, tu pleures ? Tu es où là ?

– Nulle part justement, entre les âges, entre les gens, entre…

– Qu'est-ce qui se passe ?

– Chérie, je suis vraiment désolée, mais j'ai…

– Mais quoi, qu'est-ce que tu as fait ? Respire, arrête de pleurer comme ça !

– J'ai séché l'aquarelle !

# 4

Lise m'aurait volontiers emmenée faire du shopping mais elle travaillait. D'ailleurs, tout le monde travaille. Personne n'est oisif le mardi après-midi. Les commerçants guettent le client dans les rues et je suis forcément une proie facile. Lorsque j'habitais Paris, il y avait des gens partout à toute heure. Ici, les rues sont désertes pendant les horaires de bureau et la vie reprend à la sortie des écoles primaires. Je croise quelques femmes au foyer fortunées qui arpentent la rue, leur carte Gold en bandoulière, quelques personnes âgées, quelques cols blancs pressés. Les rayons sont tout à moi, calmes et ordonnés. Je succombe sans me défendre, sans vergogne. D'habitude, je pèse, je jauge, je compare, rarement adepte de l'achat compulsif. Là, je fonce tout droit et compose le code un nombre de fois inconsidéré : une robe de soirée que je n'aurai jamais l'occasion de porter, une étole en soie assortie, une salopette à la Diane Keaton, réminiscence adolescente, des santiags que je m'étais toujours interdit d'essayer. Ces chaussures sont atroces, mais elles me plaisent. J'ai l'air de sortir de *Crocodile Dundee* quand je les enfile. Et alors ? Si j'ai envie de jouer les cow-boys pour devenir une autre ? Je suis fatiguée d'être une femme naturelle, toute simple, de celles que l'on aime à peine maquillées et les cheveux sur les épaules. J'accompagnerai ma robe longue d'un rouge à lèvres indécent. Qui est-ce que ça dérangera ? Pourquoi les grands-mères n'auraient-elles pas le droit de se déguiser en princesses ? Je suis tentaculaire avec tous mes sacs en papier et la pluie commence à tomber. Il est grand temps de regagner le domicile conjugal.

Les marcheurs d'hier doivent se taper dans les mains en entendant l'averse tomber sur les fenêtres de leur atelier de peinture. Trop heureux que le ciel leur donne raison et de rester dans les petits papiers de la pluie et du beau temps.

Ma chevelure dégouline sur ma nuque. Je ne m'abrite même pas. Les gouttes de pluie me traversent et mes poils dressés m'exhortent à l'action. Et si je sautais dans les flaques ? Un gros *splatch* bien sonore qui mouille les chaussures et tache le bas du pantalon. Au fond, cela me rappelle de vagues souvenirs. Moi non plus, je ne pouvais pas résister. Ils sont très forts en plaisir les mômes et c'est ce qu'on leur désapprend en premier. La retraite n'est pas un retour à l'enfance. Les cicatrices sont trop nombreuses lorsqu'on y parvient. Pourtant, ce serait bien si on pouvait être moins con qu'à l'âge adulte, histoire d'avoir quelques compensations.

Au moment où l'on devrait se dire : « Ok, les gars, j'y

suis, je souffle. J'ai tout exécuté dans les règles. Je suis arrivée globalement à l'heure au boulot tous les jours, j'ai conduit mes enfants à l'école du lundi au samedi, sans broncher, avec un peu de retard pour le solfège et l'équitation parfois, en manquant quelques rendez-vous ici ou là, ou même en m'autorisant sciemment quelques écarts, mais dans l'ensemble j'étais présente : maman aux petits soins, fille aimante, épouse attentive, femme active, souriante, à l'écoute, au taquet. C'est simple : je n'ai pas arrêté, je n'ai pas eu deux secondes à moi. Alors, c'est bon, je suis diplômée ? Je peux passer en retraite, je l'ai ?

– Oui, félicitations !

– C'est merveilleux ! Champagne et bonheur à volonté ! Ouah ! Je voudrais remercier tous ceux sans qui je ne serais pas là aujourd'hui… »

*Scratch !* Le disque se raye sans crier gare et le rêve se fige avant d'avoir commencé. Une ombre vient vous voler votre récompense. Car un réflexe étrange, insoupçonné, inattendu, vous taraude malgré vous : le besoin de contraintes. Vous programmez le réveil sans nécessité, vous vous inventez des obligations intangibles, vous noircissez les cases de l'agenda, vous organisez des réunions Tupperware et vous finissez par vous inscrire à Nouvel Âge, dans une quête effrénée de passe-temps.

Souvent, ce sont les personnes âgées qui se cachent le plus derrière les horaires, afin d'encadrer le vide de leur existence et de le mettre sous verre pour que cela fasse plus joli dans le salon. Les week-ends deviennent des rendez-vous hebdomadaires où enfants et amis sont conviés à des heures immuables. Ça ennuie tout le monde mais cela rassure, comme le rythme des saisons et les cycles naturels qui nous laissent entendre qu'un ordre secret régit l'absurdité de nos vies. Les semaines ressemblent alors à un couloir propre et sombre, astiqué quotidiennement. L'attente s'y reflète, rythmée cette fois par le ménage, la préparation du déjeuner, la marche digestive, le journal télévisé... Une vie en pilotage automatique, sans surprises, sans danger. Le soir, il faut encore verrouiller ce bonheur que l'on couve à triple verrou, comme un secret bien gardé. Rien ne se consomme et tout se consume.

Je ne veux pas vieillir. Pas comme ça. J'aimerais que mes journées s'amusent, qu'elles me remercient de les aimer autant. Je voudrais prendre mon temps sans lui rendre de comptes. Pédaler sans les mains, dire merde aux gens qui m'ennuient et préférer la solitude aux dimanches obligatoires. Je n'avais pas ressenti ça depuis la fac, cette sensation grisante de la sèche. C'est bon. Je pense aux autres qui sont là-bas, à tremper leur pinceau avec application, pendant que moi je prends l'eau. Je barbote en pensant à tout ce que je peux devenir. Une aquarelle vivante : du bonheur dilué qui ne sait pas où il va. Une femme en demi-teintes, mélancolie pastel et espoir mordoré. Des taches de couleur sous une pluie diluvienne.

Il paraît que les Français ne rient plus assez. Y aura-t-il bientôt des publicités pour la rigolade, comme pour les fruits et légumes ? « Se taper 10 bons fous rires par jour peut diminuer le risque de maladies cardiovasculaires. Ceci est un message du ministère de la Santé. » À force d'ingérence, nous allons crever d'ennui. Cela leur apprendra à nous soigner avant que nous ne tombions malades. Des vies de premiers de la classe, saines et millimétrées.

Qu'est-ce que je vais faire de cette retraite ? L'autre jour, j'ai cherché le sens de ce mot dans le dictionnaire : je n'ai pas été déçue. Parmi mes préférées, j'ai retenu les définitions suivantes : « Mouvement de recul d'une armée », pour son emphase et sa puissance métaphorique ; « Pension attribuée à une personne qui a atteint la limite d'âge après avoir exercé une activité professionnelle », pour sa précision clinique et glaçante ; « Diminution de l'épaisseur d'un mur à partir du pied », pour son extrême justesse et son réalisme, et enfin : « Se dit des eaux qui reviennent dans leur lit », pour sa diplomatie et sa poésie.

Ce qu'il m'angoisse leur cadeau. Ce n'est pas nécessairement une mauvaise idée de m'envoyer en cure de loisirs avec mes congénères. C'est simplement désarmant.

Je suis la première de la bande à être partie en retraite, à avoir franchi le point de non-retour. Bien entendu, tous me jalousent et chaque dîner se termine inéluctablement par le même soupir : « Bon, ben nous on va y aller parce qu'il y en a qui bossent demain, hein Caroooo. » Pourtant, tous mes amis savent qu'il s'agit d'un cap douloureux. Le jour du pot de retraite, ils avaient leur tête de il-faut-que-je-trouve-un-truc-gai-à-lui-dire. Dorénavant, je dois m'occuper de moi. Il faut comprendre comment la machine fonctionne, avant de la diriger dans une direction précise. En attendant, j'avance à l'aveugle. J'arpente le centre-ville sans volonté, l'imperméable gonflé d'eau et les deux bras tendus à l'horizontale, afin d'empêcher les sacs d'avancer ventre à terre. Pauvre méduse égarée. La comédie buissonnière touche déjà à sa fin. Il faut sécher les idées vagabondes et rejoindre le foyer.

Je mets directement mes habits dans la machine à laver avant de me glisser dans le bain. La cheminée craquette gentiment. Philippe lit le journal. L'eau est chaude. J'ai acheté des châtaignes. Bientôt les volutes âcres et délicieuses des goûters de mon enfance parfumeront la maison. Ça sent l'automne. Ma saison préférée. C'est nostalgique et en même temps, la rigueur de l'hiver n'est pas encore là. La beauté décline, mais elle n'a jamais été aussi vraie. Les rayons capitulent, les arbres plient l'échine. C'est à mourir, alors on se sent vivant. Les gens sont beaux en cette saison, dans cette transition lente et douce vers le silence. Octobre de mes soixante ans. Déjà. La vieillesse m'enveloppe, patine notre bonheur, mais je ne me débats plus. Ce soir, je la laisse venir. J'aperçois Philippe par la porte entrebâillée. C'est un moment à nous. Il est absorbé dans sa lecture, ailleurs. Pourtant il est là. Mon amour. Ce n'est pas fini. Ce n'est pas si mal.

Je me faufile à pas furtifs dans la chambre pour enfiler ma nouvelle salopette. C'est grotesque ? Sûrement un peu. Je n'ai plus trente ans. Dans le miroir cependant, la femme devant moi se tient debout. Elle ne joue pas dans *Jules et Jim*, elle manque de folie, de piquant, de taches de rousseur. Et alors ? Allure insolente, un rien excentrique, presque élégante. Je me sens grandir. C'est mon habit de croissance : au lieu de marquer les années, il m'offre des centimètres. Est-ce que je suis rigolote ou excitante dans ce nouveau déguisement ? Est-ce que je suis canaille ou empruntée, sexy ou pathétique ? Peu importe, j'assume. Pour une fois, je ne cherche pas l'approbation dans la glace. Je tiens ma colonne droite en entrant dans le salon et lance avec toute l'espièglerie qu'il me reste :

– Tu aimes ?

Il sourit, déconcerté toutefois, mordillant sa lèvre inférieure, afin d'en extirper le compliment idoine. Puis il prend son timbre le plus délicat pour me répondre :

– Chérie, ne le prends pas mal, mais cette salopette, tu es sûre que c'est de ton âge ?

# 5

– À qui est-ce que tu vas l'offrir, toi ? me demande Sylviane, l'air passablement gauche avec sa grosse amphore à la main.

– Aucune idée. Mais il faut que ce soit quelqu'un que je déteste vraiment pour lui refourguer un truc pareil.

Mon assiette toute râpeuse hésite entre l'ovale et le carré. Elle se gondole devant ma maladresse. J'ai de la terre glaise incrustée sous les ongles et collée sur les narines : j'ai vraiment envie de la casser en deux.

– Ce n'est pas si mal, me glisse Sylviane d'un air penaud.

– On nage quand même entre le néo-grec et le cadeau de fête des Mères.

– C'est parce que tu ne te laisses pas aller. À mon premier cours, j'étais comme toi, je restais sur les cendriers ou l'assiette apéro, et puis de fil en aiguille, tu vois grand, tu te lances des défis.

– Tu sais, Sylviane, je ne suis pas certaine de me laisser griser en matière de poterie.

– Caroline, tu penses vraiment que j'ai rêvé toute ma vie d'apprendre la peinture sur soie ou de prendre des cours d'informatique ? Personne n'a de vocation ici. On est tous arrivés par hasard, parce qu'on n'avait pas envie d'être seuls, c'est ça la vérité. Il y a des gens de toute sorte mais on a ce truc en commun : on ne veut pas passer notre retraite à nous lamenter sur une méridienne. On veut s'amuser, point barre.

– Je ne juge personne. Simplement, je ne suis pas adepte du loisir obligatoire. Ça aurait même plutôt tendance à m'angoisser. Ce n'est pas ma faute.

– T'es trop cérébrale. Ça rend malheureux d'être comme ça. Regarde cette terre, c'est agréable de mettre un peu la main à la pâte, de la malaxer. C'est sensuel, non ?

– Tu trouves ? Moi, plus je vois tout ça, plus je me dis que la scène avec Demi More dans *Ghost*, c'était de la publicité mensongère.

Sylviane hausse les épaules avec délicatesse, esquissant un rire poli qui n'en trahit pas moins sa déception. Je ne suis pas l'amie qu'elle attendait : trop snob, trop compliquée.

Est-ce que dans six mois je serai à sa place, en train de donner des conseils aux nouveaux venus ? La poterie n'aura plus de secret pour moi. Je crânerai avec délectation, parmi les miens, sans complexes ni remise en question. Si seulement je parvenais à cesser de tout planifier. De me projeter, d'anticiper. Avec l'expérience, je devrais savoir conjuguer ma vie au présent, mais je garde un faible pour l'expectative. Que dans six mois, je sois accro à Nouvel Âge ou non ne changera pas la face du monde. Il ne s'agit pas d'un engagement crucial et il n'y a aucune raison d'en être affectée outre mesure. Il me suffit de terminer cette coupelle, de la mettre au four et de raisonner en termes de plaisir. Se concentrer sur de petites choses, sans envisager toujours le pire, sans chercher à construire une retraite parfaite. À présent, je vais finir mon ouvrage et essayer de trouver cela mignon. C'est le mot que tout le monde employait d'ailleurs, lorsque je me baladais avec les colliers de nouilles que les filles me confectionnaient. Le fait maison n'est pas noté pareil, tout est dans l'intention. Au nom de toutes les croûtes qu'elles m'ont offertes, je revendique mon droit à la vengeance. Tiens, je vais de ce pas leur confectionner à chacune un joli petit paquet et hop : une coupelle apéro en terre cuite et un cendrier informe. Moi aussi je peux faire des cadeaux embarrassants ! Qu'elles s'estiment heureuses encore. Si j'étais vraiment méchante, je soudoierais Sylviane pour qu'elle leur lègue son amphore !

Jusqu'à présent, je n'avais pas vraiment conscience de mes choix. J'ai rencontré Philippe, nous nous sommes plu, nous avons construit des choses, puis tout s'est déroulé en accéléré. Nous avons choisi les prénoms de nos enfants, la ville où nous allions vivre, la couleur des murs du salon, la race de nos chiens, les destinations de nos vacances, les amitiés que nous voulions préserver, les bulletins que nous avons déposés dans l'urne. Choisi aussi de rester ensemble, de continuer à nous aimer, de traverser les épreuves à deux. Cependant, nous avons subi ces décisions ou nous les avons prises sans en mesurer l'enjeu, tout naturellement. Nous avons connu parfois des moments de bascule, de doute terrifiant, où nous sentions que nous pouvions nous quitter, partir loin, recommencer autrement. Mais ces moments demeuraient fugaces, sans vertige ni impact irrémédiable sur nos vies. La retraite, c'est la claque que je n'avais pas vue arriver. Tout à coup, c'est à moi d'écrire. À moi de décider. Je sors de l'engrenage. Je suis face à moi-même. Je dézoome et ma vie m'apparaît en plan large. Je dois crier « Action », mais je n'ai pas idée de la scène que j'attends. Quel est le scénario rêvé maintenant ? Est-ce l'histoire d'une dentiste, d'une mère, d'une grand-mère, d'une épouse ? Ou même d'une fille ? Depuis que papa et maman sont morts, je ne suis plus l'enfant de personne. C'est déchirant de ne plus prononcer les deux mots les plus chargés d'amour et de consolation qui existent. J'ai travaillé, j'ai eu des parents. Restent les souvenirs. Aujourd'hui, je suis seule. Je nage sans bouée. Où vais-je ?

Pour commencer, je montre mon œuvre à l'animatrice, qui la reçoit avec une précaution infinie, en me félicitant. C'est un début. La scène est ridicule et touchante. Nous nous sourions. À présent, il faut attendre que cela cuise et sèche. Je verrai le résultat la semaine prochaine. La leçon est terminée. Chacun peut rentrer chez soi.

C'est grotesque, mais j'ai hâte de la tenir entre mes mains. Je ne sais pas si je l'offrirai aux filles ou si je la garderai comme un secret. Je ne me prends pas au jeu. Je sais que ce truc est affreux. Je n'en éprouve aucune fierté. Néanmoins, l'expérience me trouble.

J'ai la sensation de lui avoir confié mon avatar. Après tout, que sommes-nous sinon des ébauches ? Souhaiter qu'une assiette creuse prenne vie est d'une candeur absolue, tant il est vain de traquer son identité dans une poterie, mais c'est pourtant ce que nous attendons tous. Nous nous façonnons, cherchant à donner une forme à notre existence, guettant l'approbation dans le regard des autres, attendant qu'ils s'exclament : « Ça y est, je sais, c'est un saladier ! », de la même manière qu'ils s'écriraient : « Ça y est, je vois qui tu es, je t'ai compris, tout s'éclaire ! »

# 6

J'aimerais appeler Anne pour écoper toutes les incongruités qui traversent ma tête de jeune retraitée. Nous en pleurerions de rire, en bonnes adolescentes, joyeuses et déboussolées. Depuis sa mort, je n'ai plus de confidente. C'est vers mes filles que je me tourne naturellement, mais la pudeur maternelle m'oblige à édulcorer une partie de ce que je ressens, sur leur père, mon envie de plaire, ma liberté. Elles se contentent de me deviner et nos silences complices sont déjà trop compromettants. Anne avait l'art de dédramatiser pour mieux mesurer la gravité des choses. Elle parvenait encore à avoir de l'humour sur son lit d'hôpital, narguant le cancer d'une pichenette ironique : Tu ne gagneras pas totalement, tu ne te paieras pas mon esprit ! Nous rigolions tellement les derniers temps que nos larmes au coin des yeux ignoraient si c'était la mort ou la vie qu'elles charriaient doucement. Cela fait deux ans que je suis redevenue fille unique. Deux longues années que cette salope de maladie m'a volé mon amie. Je lui en veux toujours. Je ne décolère pas. Je n'ai pas encore enlevé son numéro de mon répertoire et à chaque fois qu'il m'arrive un truc, j'ai l'envie fugace et irraisonnée de l'appeler. C'est stupide de ne pas appuyer sur la touche « supprimer » de mon téléphone. Superstition idiote. Au fond, j'espère probablement qu'un opérateur plus malin que les autres puisse un jour nous connecter. Anne me dirait : « Ah, enfin ! Dans mon bled pourri, je ne captais pas. » Je me fais du mal à penser à elle comme ça. Elle est morte. Il faut que je me répète le mot souvent pour m'empêcher d'attendre quelque chose. Tous les autres termes sont mensongers : « elle est décédée » est une expression désincarnée, qui sonne faux ; quant à « elle est partie » ou « elle nous a quittés », c'est une manière de se raconter des histoires et de charger le mort d'une culpabilité, comme si c'était de sa faute, comme s'il avait décidé un jour de se barrer pour nous laisser tout seuls. Non, « elle est morte », c'est juste, acide, sans échappatoire. Un point final, un petit silence glaçant et on n'en parle plus. Il n'y a plus qu'à s'accommoder de cette certitude atroce. Anne… Ma meilleure amie, mon âme sœur, ma feuille morte…

Un très jeune couple vient se garer à côté de la voiture. Je sens bien qu'ils sont déçus que je sois là. C'est leur repaire : l'endroit où ils viennent se rouler des pelles face à l'océan, loin de leurs parents et de leurs profs. Ils sont un peu gênés, mais commencent rapidement à s'embrasser goulûment. Bientôt la buée formera un chaste rideau entre ma mélancolie et leurs ébats maladroits. Ils s'imaginent peut-être que leur fougue va me pousser à fuir, me sentant agressée d'être le témoin forcé de leur intimité. S'ils savaient à quel point je me moque de leur touche-pipi et de leurs mines ravies de criminels. Je veux simplement voir la mer et rester là, prostrée sur mon siège incliné, à me demander pourquoi à soixante ans j'ai le sentiment de n'avoir personne vers qui me tourner. Anne me répétait que nous étions trop exclusives, que cela nous perdrait, qu'il ne fallait jamais mettre tous ses œufs dans le même panier. Mais cela nous était bien égal. J'ai des copines évidemment, mais je les vois en couple, avec Philippe, c'est différent. Nous restons en surface, à la lisière de nos vérités, sans dépasser le seuil fatidique. Nous nous balançons deux ou trois potins croustillants dans la cuisine en tartinant les toasts de tarama ou en assaisonnant la salade, mais à peine avons-nous assouvi ce besoin animal de nous épancher que nous regrettons déjà de nous être trop révélées. SOS par-dessus l'épaule, entre la poire et le fromage. Nous classons les aveux sans suite, avant de sombrer de concert dans un mutisme coupable. Ce n'est pas du bouche-à-oreille, c'est du bouche-à-bouche. Des femmes ankylosées par des idées pesantes se délestant dans l'urgence, en espérant que personne ne se souviendra de leurs paroles. Nos soliloques ne sont en aucun cas des secrets partagés. Il y a encore quelques années, je parvenais à tout dire à ma sœur, mais peu à peu nous nous sommes égarées dans des conversations factuelles sur la collection printemps-été, l'avancement de Ben et les projets des enfants. Le décalage horaire a eu raison de nous. Nous ne sommes plus dans le même fuseau : ce n'est jamais le bon timing. Elle vit à l'heure texane et moi à l'heure normande. « Allô, Houston, ici la France, je dois te raconter mon cours de poterie ! » On dirait une parodie. Nous avons renoncé et appris à nous passer l'une de l'autre. Lorsque nous nous voyons, tout revient en bloc et c'est l'euphorie, mais au décollage de l'avion, nous sommes déjà conscientes que la distance va grignoter toute la connivence retrouvée. C'est ainsi. Nous l'avons admis et elle ne comprendrait pas si je la réveillais en pleine nuit pour lui dire : « Écoute, il est midi, je suis dans ma bagnole, c'est marée haute. À côté de moi, il y a deux lycéens qui se pelotent dans une Twingo. Je sors d'une initiation à la poterie et je me sens terriblement seule. » Inconcevable. Pour la réveiller à 5 heures du matin, il faudrait au moins que je lui annonce une catastrophe, un truc qui ne peut pas attendre. Tout à l'heure, quand elle sera levée, la vague sera passée, je n'aurai plus besoin d'elle.

Philippe est au travail, ou il déjeune avec un client. De toute façon, il ne comprendrait pas. L'équilibre du couple vacillerait plus encore. Il sait que c'est compliqué. Il m'a conseillé lâchement hier de retourner voir la psy, après m'avoir susurré : « Tu sais, je t'emmènerais bien à Venise, mais je suis coincé avec tout ce qui se passe au bureau en ce moment. » Comme si l'Italie était le remède. Nous savons l'un et l'autre que les problèmes seront les mêmes au retour du Grand Canal. Ce n'est pas la fuite qui me manque, c'est le présent.

Ma dernière mammographie est impeccable, mon

check-up irréprochable, je suis une femme saine et comblée. Je n'ai pas le droit de me plaindre. Je ne déprime même pas. Alors, qu'est-ce que j'attends ? De l'autodérision, du recul, de la grosse poilade ? Anne enverrait un coup de pied dans ma morosité. Elle me traiterait de mémé, me bousculerait sans ménagement, avant de m'emmener me bidonner devant une comédie anglaise. Elle aurait hurlé en voyant le dessin de Jacky et j'aurais éprouvé tant de joie à enjoliver l'anecdote, à distordre les détails afin de rendre la scène plus savoureuse. Au lieu de quoi, je reste prisonnière du ridicule avec ma pathétique histoire et mon petit cadre entre les mains. J'ai de la peine pour lui, je n'ai même pas le cœur à être médisante. Nous sommes tous sur le même radeau. Je suis solidaire de sa misère affective. Lorsque Sylviane m'a remis le petit paquet, elle roulait ses yeux bleus avec malice. J'ai bien compris qu'elle n'osait pas me demander de l'ouvrir devant elle, même si elle en crevait d'envie. La petite mention « Pour Caroline, de Jacky », écrite avec application sur l'étiquette, m'a procuré un sentiment trouble teinté d'une fierté de collégienne et de la conscience simultanée du comique de la situation. Qu'il ait peint une aquarelle pour moi est en soi délirant, mais qu'il ait demandé à Sylviane de me la remettre par timidité, c'est hilarant. La cour du lycée me hante à nouveau : « Tiens, c'est de la part du garçon là-bas qui veut sortir avec toi ! » J'ai entraîné Sylviane à l'écart pour découvrir la peinture d'une baigneuse en deux pièces posant sur la plage : moi ! Sans nul doute. Enfin, le fantasme d'un moi en maillot fuchsia. Pour le reste, une précision remarquable dans les traits, la silhouette, la couleur de la peau. Une réussite réaliste, à défaut d'être un chef-d'œuvre esthétique. Sylviane a trouvé ça très beau et a poursuivi en plaisantant : « Moi, j'adorerais qu'on m'offre un portrait de moi, mais je ne rentrerais pas dans le cadre ! » Sylviane déteste son corps et devance les critiques en exhibant ses défauts en permanence. Elle préfère s'autoflageller que d'essuyer une remarque qui la blesserait profondément. Elle est à vif, c'est un complexe d'un mètre et quatre-vingt-huit centimètres. J'ai donc eu la décence de ne pas insister, avant de m'éclipser, mon paquet sous le bras. Demain, je remercierai Jacky, un homme marié et bien élevé, qui est pour moi le contraire de l'homme séduisant : pas de défaut, dénué de charme. Une taille moyenne sur un corps manifestement entretenu par un vélo d'appartement et des haltères, une coupe de cheveux sans histoire, un profil propre sur lui. Bref, la Suisse, une zone neutre et calme : tout ce que je déteste. Philippe a un grand nez cassé, des traits forts, une crinière impossible, un physique qui raconte quelque chose, qui attise la curiosité. Je vais lui offrir l'aquarelle histoire de le titiller un chouïa. Un soupçon de jalousie ne serait pas superflu. Il a tellement confiance en moi.

Il se laisse bercer. Il m'aime et continue à me désirer malgré toutes les années. Nous sommes heureux. Cela lui convient. Je me demande s'il me reconnaîtra sur le tableau. Sylviane était épatée par la ressemblance. Jacky a dû m'observer à la dérobée, au cours de théâtre ou lors de la marche de lundi, pour réussir à retranscrire tous ces détails avec autant d'acuité et de justesse. Je n'ai rien remarqué jusqu'à aujourd'hui. J'espère qu'il n'est pas tombé amoureux. Déjà que cette ambiance de première boum m'angoisse terriblement, s'il faut en plus que je gère les déclarations d'un prétendant, je vais devenir dingue. J'ai clairement passé l'âge d'Nouvel Âge. Je ne suis pas au-dessus de la mêlée et je ne prétends pas me dépatouiller de ma vieillesse mieux que les autres. Je pars incontestablement à vau-l'eau, mais j'ai la faiblesse de penser que le fait d'apprendre à maîtriser le Pack Office ou à me promener pieds nus sur une scène ne va pas m'aider à y voir plus clair. Il faut cesser de compter sur les autres. Je dois penser seule. Cette inscription, ce club de rencontres du troisième âge, c'est une pression incroyable.

Et si j'allais me baigner ? Après tout, c'est probablement le dernier bain de la saison. Elle doit à peine avoisiner les 15 degrés et il n'y a pas un chat dans l'eau. Voilà de l'inédit, une pulsion qui offrirait un parfum de vacances à ma journée studieuse et solitaire. Les deux amoureux sont trop absorbés dans leurs effusions pour s'embarrasser de ma fantaisie et seul le soleil qui caresse le sable me suit du coin de l'œil. Mise en abyme impromptue. Je rejoue la scène du portrait de Jackie. Ma culotte et mon soutien-gorge remplacent allègrement le maillot de bain. Je m'efforce de ne pas m'évanouir en courant vers l'eau. Mon Dieu, que c'est froid ! Je plonge afin d'abréger mes souffrances. Mes pieds violacés se sentent moins seuls. Je me rêve en Emmanuelle Béart suave et voluptueuse, même si la scène évoque plus vraisemblablement le suicide de Virginia Woolf. L'expérience a le mérite d'être revigorante.

Merde, le couple s'approche. Mon ensemble est complètement transparent, ils vont me prendre pour une grand-mère lubrique.

– Elle est bonne, madame ?

– Il faut aimer souffrir, mais au bout de cinq minutes on ne sent plus ses membres, donc ça devient automatiquement plus supportable.

Ils se désapent devant moi en gloussant. La fille hurle en entrant dans l'eau, en se cabrant exagérément pour souligner qu'elle a froid et dresser, par la même occasion, sa poitrine pleine d'ambition. Satisfait, l'autre n'en perd pas une becquée et, s'adonnant à son tour à la parade amoureuse, joue les cadors :

– Ça va, tranquille. Elle est tiède.

– Tu rigoles ou quoi ? C'est l'Arctique. En plus, il doit y avoir des tas de bêtes chelou là-dedans. Franchement, j'ai trop peur.

– Crois-moi, tu peux kiffer. Les vrais requins, y sont pas dans l'eau.

Son aphorisme de Tony Montana à la petite semaine semble achever de la séduire. Ils sont mignons. Deux bouilles de gamins cherchant à se vieillir. Tant d'énergie dépensée à quitter l'enfance, encore omniprésente, fort heureusement, dans leurs gestes empressés. Scandaleuse impétuosité qui ne connaît pas sa chance.

Ils sautent dans les vagues en riant aux éclats. On

s'amuse. Nous sommes vernis : les rouleaux bien formés déferlent sur nos mines réjouies. Je ne suis plus seule. Ils ne me demandent rien. Ils se foutent de savoir si j'ai un métier ou quel âge j'ai. Je suis la folle de la côte qui a eu la grande idée de se jeter à l'eau et ils sont contents de partager ce délire avec moi. Nous sommes bien. Ce n'était pas prévu. Un moment de bonheur gratuit, sans péage ni conditions. Il faudra sortir tout à l'heure, nous sécher maladroitement et rentrer vite pour ne pas être malades, avant de nous interroger sur le sens de tout cela. Pour l'instant, peu nous importe. Deux adolescents et une vieille dame jouent dans la mer. L'automne est là et nous n'avons tous qu'un seul souhait : profiter une dernière fois des rayons du soleil avant la nuit, nous offrir une ultime et délicieuse baignade au nez et à la barbe de l'hiver qui vient.

# 7

Je suis somnambule. Philippe ronfle. Je ne sais plus si mes yeux sont ouverts ou fermés. Je suis épuisée, mais la scie musicale découpe mes songes avec une régularité insupportable. Je me dirige vers le miroir, cherchant un repère, quelqu'un de familier pour m'extirper de ma torpeur. Je contemple mon visage, l'air vaguement dépité, les yeux tournés vers l'intérieur, comme en attente d'un train qui ne viendra pas. C'est une autre que je vois. Mon regard est lesté et droit. Je suis toute fraîche. J'effleure mes joues pour vérifier qu'elles m'appartiennent : elles sont lisses, sans bosses ni creux. Mon nez est plus court : je crois encore que c'est mal de mentir. Mon cou est gracile, long et altier. Mes cuisses sont fermes et j'ai retrouvé les deux fossettes au-dessus de mes hanches. Lorsque je caresse mon ventre, il reste dur, sans concession. Aucun enfant n'y a jamais séjourné, le col est fermé. Mon sexe est vierge et plein d'imagination. Il s'enflamme et galope au-devant de ses peurs. Il ne sait pas ce qui l'attend. Il a hâte et se presse. Mes jambes me soutiennent à peine, longues, fines, musclées. Mes lèvres gercent de plaisir. Je rougis, je me plais et en même temps je crains mon image. J'ai envie de sortir nue pour affoler les hommes, envie de danser au milieu de la rue et d'offrir le spectacle de mon corps. Je suis mince, gracieuse, révolutionnaire : j'ai la vie devant moi et les dents blanches. Regardez-moi ! Aimez-moi ! Apprenez-moi l'amour partout, tout le temps, dans tous les sens. Je viens de naître, je suis belle, radieuse, allumeuse. Je cours vite, je saute haut, j'adore jouer. L'avenir m'inquiète mais il m'excite aussi. J'ai un destin inscrit sur mon front, la prétention d'être heureuse, une foi démesurée. Je suis jeune ! Dieu que c'est bon. Je crois à l'amour éternel, à la politique, à l'écologie et aux minijupes. Je me sens capable de soulever des montagnes, même si je préfère me laisser porter par elles pour l'instant. Je bouillonne d'idées, d'hormones et de défi. Je ne suis pas naïve, je suis pire. Je suis révoltée. Je veux changer les choses, canaliser mon énergie pour faire le bien, devenir quelqu'un qui me ressemble, jouir de mille façons et ne pas être prise pour une conne. Je ne suis pas dupe, c'est pour ça que je serai différente. Pas question de suivre mes modèles, je vais les épater, les surprendre, les dépasser. J'ai une existence sur le feu, tout un tas de recettes à essayer : c'est moi le chef ! Je suis libre. J'ai quinze ans.

– Chérie, qu'est-ce que tu fais ?

– Rien, je fais un rêve érotique, rendors-toi.

– Avec moi ?

Je déteste quand il prend cet air de petite chatte. Ça

nous infantilise et nous n'avons vraiment pas besoin de ça.

– Non, Philippe, tu ronfles comme un gorille, ça ne m'excite pas, je t'assure.

– C'est sympa de me réveiller en tout cas.

– Tu ne manques pas d'air : je n'ai pas dit un mot.

– T'es debout au milieu de la chambre, toute nue devant ton miroir, excuse-moi si ça m'angoisse.

– On n'a plus le droit de rêver alors ?

– Si, mais pas forcément debout et plutôt de moi, s'il te plaît.

Il m'attrape par la taille et me rapatrie contre lui. Il m'énerve mais je l'aime. Il a toujours une manière de me ramener à lui sans violence, avec humour et autorité.

– Tu rêvais de quoi alors, mon amour ? Dis-moi.

– J'avais quinze ans, j'étais… pff, ça n'a pas d'intérêt…

Il ne dit rien et se contente de caresser doucement mon dos, comme s'il cherchait le mot juste le long de ma colonne vertébrale.

– Mais tu les as tes quinze ans. J'ai quatre femmes de quinze ans en une si tu comptes bien, c'est beaucoup mieux.

– Et quand tu auras quatre femmes de vingt ans entre tes bras, tu nous serreras aussi fort ?

– Si mes huit bras me le permettent, compte sur moi.

Il me désarme en louchant le plus fort possible pour faire tomber mes derniers remparts. Son gros rire grave résonne dans toute la pièce en signe de victoire, tandis qu'il m'enlace avec plus d'assurance.

– Je t'aime, Phil.

– Et tu fais bien, ma petite.

– Mais si tu ronfles encore, je te dégomme !

– Chiche ?

Il me sort l'œillade caractéristique de l'assaut et je sais pertinemment ce qu'elle signifie. Nous allons jouer aux amants et nous caresser dans une longue trêve amoureuse. Puis, en un souffle de plaisir, blottis l'un contre l'autre, nous retomberons doucement dans le silence douillet de la chambre. Nous serons bien, apaisés, rassérénés. Aucun mot ne sera ajouté. Philippe s'endormira aussitôt contre mon épaule, perdant à nouveau le contrôle de ses cloisons nasales, tandis que mes yeux ouverts chercheront la même réponse au plafond : est-ce que tout cela me suffit ? Suis-je heureuse ? Que me manque-t-il ?

## 8

Avec un peu de chance, ils ne sont pas encore rentrés, j'aperçois une dame dans le couloir. À moins qu'elle ne soit également en retard. Tant mieux si je ne suis pas la seule à essuyer les regards en coin. Ce n'est jamais agréable d'arriver en pleine bataille et de repousser d'un air nonchalant les yeux qui vous braquent. Elle ne semble pas savoir par quel flanc attaquer. Elle accomplit de jolis sauts de grenouille pour atteindre les petits carreaux de verre opalescent et deviner ce qui se trame à l'intérieur. Elle doit être timide, guettant le moment le moins embarrassant pour entrer. Elle sursaute soudain et se colle contre le mur, comme si elle craignait d'être repérée. C'est en se retournant brusquement qu'elle capte ma présence.

– Bonjour, je suis désolée, je vous ai fait peur ?

– Non, non…

– Je suis Caroline. C'est ici l'œnologie ?

– Oui, moi c'est Chantal, vous devez me prendre pour une folle avec mes bonds de cabri.

– Absolument pas. Vous guettiez le bon moment pour frapper à la porte, n'est-ce pas ?

– Non… en fait, j'essayais de me regarder dans la glace. Je sors de chez le coiffeur et… enfin, c'est toujours pareil. C'est jaunasse, hein ?

– Non, il faut que ça se patine, mais…

– Si elle n'y va pas carrément, les racines reviennent en un quart d'heure, alors elle met le paquet. Le problème c'est qu'en attendant, je suis couleur jonquille. Ça me bousille. C'est votre couleur naturelle, vous ?

– Non, je fais des hennés. Ça fortifie le cheveu et c'est assez discret, vous devriez essayer.

– Mais je suis blonde comme les blés, moi. Pourquoi est-ce que je deviendrais rousse tout à coup. Personne ne demande à mes yeux bleus de foncer, que je sache ? Ça paraît normal à tout le monde de changer de couleur. Moi pas. C'était mon atout, ma chevelure. Boucle d'Or, Poussin, Blondie… J'avais droit à tout. Ça me dégoulinait en cascade sur les reins et je passais des heures à les démêler, mais j'avais de l'allure. Quand je passais dans la rue, les hommes ne distinguaient même pas mon visage sous l'auréole qu'ils sifflaient déjà *Auprès de ma blonde* en se marrant. Aujourd'hui, regardez-moi ça, c'est de la paille, du vieux crin tout jauni. Et mon carré, c'est Jeanne au bûcher.

– Franchement, ce n'est pas choquant je vous assure. Je ne vous connaissais pas avant, c'est certain, mais…

– C'est là tout le problème. Vous, quand on vous voit, on se dit que le bateau n'a pas coulé, que la coque a résisté aux intempéries. Chez moi, il ne reste que le radeau de la *Méduse* et personne ne sait de quel océan il vient. Qu'est-ce qu'il faudrait ? Que je me colle une photo de moi à vingt-cinq ans sur le front pour qu'on comprenne qui j'étais et que l'on mesure ce que j'ai perdu en chemin : des cheveux, des centimètres et des dents de lait ? À part mon mari, qui s'en souvient ?

– Votre mari ne vient pas ici ?

– Si, il est à l'œnologie justement.

– Vous avez peur qu'il n'aime pas ?

– Non, et vous savez pourquoi ? Parce qu'il ne remarquera rien.

– Alors c'est que ce n'est pas un tel changement.

– Non, c'est que mon mari ne me voit plus depuis longtemps. Nous venons ici tous les jours pratiquement. On s'amuse, on est de vieux complices, on a besoin de l'autre, mais on ne se désire plus. C'est éteint.

– Je suis désolée.

– Il ne faut pas. Tout va bien. On met la libido ailleurs. Dans le vin, par exemple. Une des rares choses qui gagnent le contre la montre. Et certains crus vous émoustillent, croyez-moi, presque autant que le sexe.

– Je n'y connais quasiment rien. C'est mon premier cours. En plus, j'ai raté le début, alors il va falloir m'initier au plaisir.

– Suivez-moi. Je vous soufflerai les réponses.

– Vous êtes prête à entrer ?

– Il faut bien. J'ai quand même passé l'âge de rebrousser chemin pour une sombre affaire de coupe de cheveux.

Lorsque nous frappons à la porte, nos chères têtes blanches se retournent en un mouvement désordonné. L'œnologue est au tableau, tandis que sa craie crisse en délivrant des messages codés : aramon, colombard, durif, mauzac... Nous bredouillons un mot d'excuse, avant de nous asseoir à côté du mari de Chantal, qui pose tranquillement sa main sur la sienne. Merde, c'est Jacky. Je me sens prise en faute, alors que je n'y suis pour rien. Chantal est tranquillement assise entre nous, et l'autre me sourit outrageusement.

– Comment ça va, Caroline ?

– Bien merci Jacky.

Il ne va pas me draguer par-dessus l'épaule de sa femme, tout de même. C'est vrai que sur le plan capillaire, c'est le drame, mais pour le reste, elle assure. Elle est piquante. Ronde, dynamique, avec un petit tanin du Sud qui la rend immédiatement sympathique. Si c'était un vin, ce serait un gaillac par exemple. Il ferait bien de peindre son portrait, au lieu de m'offrir des aquarelles à la dérobée. Afin d'éviter de lier conversation avec le couple, je me tourne vers l'œnologue qui arbore un magnifique collier de barbe. On dirait que son sourire tente de parcourir le tour de son visage : franc, massif, excessivement large. Il est tout petit, robuste et avenant. J'ai envie de lui demander comment vont Blanche-Neige et les six autres nains. En bon caviste, il me sert quelques gorgées de pinard dans un verre disproportionné. C'est comme si on coulait un bain dans une piscine. Le cérémonial est vraiment drôle. Prof corrige délicatement la position de mon index, tandis que je remue mon Saint-Graal.

– Plus bas, le pouce. Ce n'est pas de la coquetterie, mais il faut le laisser respirer. Voilà. C'est mieux. Goûtez maintenant. Allez-y les autres aussi, dites-moi ce que vous en pensez.

Au coup d'envoi, toutes les mains se lèvent sans faux départ. Les adjectifs pleuvent aussitôt de gauche à droite dans une cacophonie studieuse, chacun récitant en glouglouttant, l'haleine humide et chaude, sa leçon dionysiaque. « Il est charnu », murmure Chantal en rougissant de plaisir. « Très friand », poursuit Jacky entre deux borborygmes. Sylviane, légèrement en retrait, contemple la robe chatoyante, le verre tendu vers un rayon de soleil : « Il a beaucoup de brillance, n'est-ce pas ? » Les mots s'entrechoquent autant que les verres et les bouches remplies à ras bord semblent se gargariser de cette opulence lexicale : « Ça, c'est un fumet », « Il y a quelque chose d'herbacé », « Mais non, il est suave comme tout », « gouleyant », « viril », « tannique ». Tout le monde cherche le goût juste et les langues alcoolisées se délient joyeusement.

– Comment le trouvez-vous ? me demande Prof.

– Il est bon.

Je dois avoir l'air dépité, comme la gamine qui arrive après la distribution de chocolats et qui se console avec une mauvaise pâte de fruit. Ils ont raflé tous les termes techniques. Je n'ai plus rien à me mettre sous la dent. Que de l'ordinaire et du réchauffé. Prof a le sourire plus étroit, déçu certainement d'avoir récupéré une mauvaise recrue.

– Vous savez ce que c'est ?

– Non, je dirais... plutôt du Sud ?

– Le Sud, c'est vaste... Vous l'accompagneriez avec quoi ?

– Euh... avec des chandelles et un petit nocturne de Chopin.

– Vous plaisantez, mais on avance. Vous ne cuisinez pas ?

– Si, mais je le boirais plutôt tout nu, sans rien d'autre, comme un dessert : bien rouge, vaporeux et entêtant.

– Vous voyez, pas besoin de s'y connaître davantage. C'est la sensualité qui compte. Il faut lui enlever sa robe pour savoir qui il est. C'est indécent, mais c'est la seule façon de le déguster.

Il caresse sa bouteille avec gourmandise et truculence, en plissant les paupières. Les convives se délectent tout autour en crachant à intervalles réguliers. C'est bestial et spirituel à la fois. Je commence à comprendre ce que Chantal essayait de m'expliquer tout à l'heure, l'œil émoustillé et le cheveu angoissé de ne pas être à la hauteur de ce rendez-vous amoureux. L'émulation collégiale cède peu à peu le pas à l'ivresse. Les yeux pétillent au fur et à mesure que les verres se vident. Les papilles s'excitent et l'ambiance s'électrise peu à peu. Prof retourne au tableau pour écrire le nom du vin. Un collioure.

– C'est pour ça qu'il est si bronzé ! pouffe une femme

assise à côté de Roger, qui a manifestement oublié de cracher.

Son voisin éclate d'un rire à briser tous les alcootests et la salle entière embraye en se gondolant. Eh ben, elle est belle la vieillesse, c'est du propre ! Mon Roger s'en pourlèche les babines, sans cesser pour autant de remplir sa coupe, « pour être sûr », bredouille-t-il en jetant sa tête en arrière.

Je repense à Collioure en sirotant mon breuvage. Les ruelles en escalier et le sentier escarpé inondé par les vagues. Je me souviens que mes espadrilles tournaient sur les pavés mais que j'avais tout de même réussi à embrasser ce garçon. L'adolescent n'était pas aussi doux que le vin du pays, mais c'était une mise en bouche prometteuse. Je n'y suis jamais retournée depuis. L'été de mes quatorze ans. L'odeur du vin réchauffe ma mémoire. Un délice.

Roger s'approche pour trinquer en me souriant de toutes ses dents et même de celles qu'il n'a plus.

– À votre santé, à votre bonheur.

– Tchin, Roger.

– C'est mon anniversaire aujourd'hui, me glisse-t-il en confidence.

– C'est vrai ? En voilà une bonne raison de ne pas recracher ! Bon anniversaire.

Le boute-en-train à côté nous entend et la nouvelle se répand en une gorgée. Prof ne maîtrise plus l'assemblée qui se fend en happy birthday truffés de fausses notes. La liesse gagne progressivement les rangées, alors que le collioure disparaît dans les gosiers.

– Hé Roger, tu nous fais le dindon ? Ce coup-là, t'as pas le choix ! l'invective un convive aussi chauve que rond.

– Le dindon, le dindon, allez, le dindon ! reprennent aussitôt les autres.

Mon Roger se laisse prier, rompu visiblement à l'art du cabotinage. Il attend que le silence se rétablisse en singeant une concentration maximale. Tout à coup, son sourcil droit se dresse à la vitesse de l'éclair et toute son énergie semble concentrée dans cette partie. Puis les muscles de son cou se crispent et propulsent la tête en avant dans un mouvement de balancier. Il n'a plus de nuque ni de menton. C'est un grand bec emmanché d'un long cou qui tente vainement de picorer de l'oxygène. Il incarne le dindon à la perfection tout en ridiculisant la bestiole. Ses yeux sont vidés de toute expression, fixes et nerveux, cils dressés et menaçants. Fernand Reynaud dans un corps d'ovipare. Il a la grâce. Les mascaras coulent allègrement et Prof se joint à l'hystérie collective. Les plus âgés d'entre nous se tiennent le ventre, avant de courir soulager leur vessie fatiguée. Sylviane a le rire aussi perché que sa tête et elle ondule de haut en bas dans un éclat cristallin, les bras sur vibreur, secoués par des séismes ininterrompus. Elle smurfe debout, en appelant au secours : « Je ne peux pas m'arrêter, mon Dieu… » Elle a de la détresse jusque dans ses fous rires, battant des nageoires sans parvenir à retrouver son souffle. Cette vision me scie les abdominaux pour de bon. Les contractions sont terribles et je n'arrive plus à débrayer. Je pourrais mourir asphyxiée moi aussi. J'imagine l'article dans les journaux: « Drame en Normandie. Vingt retraités sont morts de rire cet après-midi, lors d'un cours d'œnologie. Le seul survivant, en état de choc, a été conduit à l'hôpital psychiatrique le plus proche. Il aurait entraîné la mort de ses congénères en imitant le dindon. »

Roger ne perd pas pied, lui. Fier de son petit effet, il entretient au contraire le delirium ambiant en distillant ici ou là un nouveau mouvement de sourcil. Cela ne l'empêche pas de descendre avec assiduité la bouteille de Prof qui, dépassé par les événements, se rend complice de notre beuverie.

Petit à petit, le pouls de Sylviane redescend doucement, tandis que Chantal, la peau violette à présent autour de ses cheveux vin-de-paille, retrouve un peu de sérieux. Les uns se rassoient tandis que les autres poussent des soupirs en se tamponnant le visage avec leur mouchoir. Le quart d'heure impudique est passé et nous avons tous l'air épuisé, presque gênés de nous être autant dévoilés, d'être allés aussi loin. En se raclant la gorge comme s'il cherchait à en extraire un peu de gravité, Prof, mi-honteux mi-galvanisé par notre incartade, nous signale que le cours est terminé.

– La semaine prochaine, on crache, s'il vous plaît. Sinon, faut aller aux Alcooliques anonymes, pas à l'œnologie. Et d'ici-là, Véronique, vous n'oubliez pas la petite recherche sur le touraine. Merci à tous et bon anniversaire, Roger.

Nous sortons en désordre dans un chahut encore hilare, chacun essayant de se redonner une contenance en se reboutonnant fébrilement. Sur le pas de la porte, Roger est saisi d'une autre fulgurance :

– À qui ça dit, un apéro à la maison ? J'ai pêché un banc de maquereaux et j'ai des rillettes pour un régiment. On met des bougies sur les toasts et c'est parti.

Sylviane opine du chef avec enthousiasme, bientôt suivie par le reste du groupe. Je dois préparer le dîner pour ce soir, mais j'ai bien envie de me laisser tenter moi aussi. Après tout, on s'en fout, il est 17 h 30, j'ai plus d'un gramme dans le sang et j'ai bien le droit de me détendre un peu.

La maison de Roger est tout en pierre. De grandes verrières au sud baignées de lumière offrent une vue sur un étang bucolique. C'est charmant. Nous nous attablons tous autour d'une table de ferme en bois massif, tandis que Roger s'active autour de l'âtre pour réveiller le feu endormi dans la cheminée.

– C'est très beau chez toi, Roger.

– J'ai tout fait tout seul. Intérieur, extérieur. T'aurais vu la ruine. Je suis menuisier, ça aide. Mais c'était quand même du boulot.

J'ai une petite pensée pour Philippe qui n'a jamais été foutu ne serait-ce que de réparer la tondeuse ou de monter une étagère. À chaque fois qu'il faut planter trois clous, ça nous prend la journée et ça finit en engueulade.

Nous sommes deux espèces d'intellectuels empotés, habitués à déléguer le travail manuel à des âmes charitables. Une photographie de la maison avant travaux est encadrée à côté de la cheminée. Un classique. Beaucoup considèrent que la décoration s'apprécie mieux a posteriori, en mesurant le différentiel entre l'avant et l'après. Généralement, nous nous cognons les coudes sous la table avec Philippe, lorsque sonne l'heure du récit des travaux, tant les détails de ponceuse et d'isolation nous ennuient. Pourtant, j'éprouve une véritable admiration pour Roger en ce moment. C'était un tas de pierres, dans lequel on entreposait le foin. Il a retroussé ses manches, coupé du bois, déblayé la grange et accompli je ne sais combien d'allées et venues, écopé je ne sais combien d'inondations, charrié je ne sais combien de gravats, avant d'ouvrir finalement ses portes sur cet intérieur convivial et coquet. C'est fou ce besoin ancestral qu'ont les hommes un jour ou l'autre de bâtir leur nid de leurs propres mains en suant à grosses gouttes. Nous sentirions-nous plus chez nous, si nous avions construit la maison tout seuls, au lieu de nous contenter d'apposer une signature en bas d'un acte notarié ? Tout ce que je sais c'est que, le cas échéant, nous habiterions aujourd'hui entre quatre murs de guingois balayés par les vents. Chacun son truc. En tout cas, j'ignore s'il s'agit de l'apanage du travailleur manuel, mais Roger n'a pas la main légère lorsqu'il sert le calva.

– C'est du bon, en direct de chez mon frangin, me glisse-t-il pour me rassurer.

Du frangin ou non, je le soupçonne d'atteindre ses

60 degrés à l'aise, à en croire les flammes qui se dégagent de mon palais.

– Pas plus haut que le bord, mon brave, s'esclaffe Sylviane, pas du tout rétive et complètement pompette à présent.

Chantal, Jacky et toutes ces têtes connues sur lesquelles je ne mets pas encore de prénoms se beurrent des tartines pour mieux se rincer la bouche ensuite.

Je suis totalement saoule. Je ne vais jamais pouvoir rentrer en voiture. Ce soir, nous recevons tout le barreau et Philippe s'attend au grand jeu. Il faut que je coure chez le traiteur avant la fermeture pour acheter de quoi sustenter dignement ces précieux estomacs. Une corvée que je me dois d'honorer sans mollir, en bonne-retraitée-qui-n'a-rien-d'autre-à-faire-de-la-journée. Je ne les aime pas. Je n'ai pas envie de sourire à leurs compliments bien sentis sur notre nouveau guéridon ou la cuisson de mes noix de Saint-Jacques. Trente ans que je me plie à ces dîners annuels sans rechigner. Trente ans que je les regarde vieillir sur le canapé du salon, en trinquant aux mêmes toasts et en partageant la même inquiétude sur les dernières réformes du ministère de la Justice. Trente ans que nous ressassons tous en notre for intérieur combien ces soirées nous emmerdent, en attendant sagement minuit pour nous enfuir sur la pointe des pieds. Eh bien ce soir, bobonne n'aura rien cuisiné. Elle arrivera bourrée avec des sacs remplis de courses. Elle n'aura même pas le temps de s'improviser une beauté de circonstance et lorsque les charmantes dames accrochées au bras des respectables messieurs lui demanderont : « C'est quoi ton parfum, c'est nouveau ? », elle leur crachera à la figure dans un souffle chaud : « Collioure. » Alors au retour, dans la voiture, ils se lâcheront gaiement, trop contents d'avoir enfin du croustillant à se mettre sous la dent : « Dis donc, elle n'en avait pas un petit coup dans le nez quand on est arrivés, Caroline ? – Tu parles. Et ça ne ressemblait pas à une première fois. Si tu veux mon avis, ça sent l'alcoolisme mondain à plein nez. »

– Tu aimes ?

– Pardon ?

Roger m'indique le mur en face de moi.

– Tu le fixes depuis tout à l'heure, alors je me dis qu'il y a une raison.

– J'étais perdue dans mes pensées. Mais à vrai dire, non ce n'est pas trop mon truc, pour être franche.

– C'est du bois flotté, poli, repeint. Celui-là symbolise la maternité.

– C'est un artiste local ?

– On ne peut plus local : c'est ma femme.

– Elle est artiste, c'est génial.

– Elle était. Cancer du sein. Plié en trois mois.

– Je suis désolée, Roger.

– Moi aussi.

– Elle vivait de ses sculptures ?

– Non, mais c'est pour ça qu'elle vivait en tout cas. Quand on a eu les petits, elle a quitté son boulot et elle n'a jamais repris. Elle ne se plaignait pas, c'était pas son genre. Mais un jour, elle s'est mise à ramasser du bois sur la plage et c'est devenu une autre femme. Je n'étais pas inconditionnel au début, mais j'ai tout de suite adoré l'effet que ça lui faisait. Une cure de jouvence, la lumière de ses vingt ans. Elle était fière, passionnée, c'est ça qu'était beau à voir. Aujourd'hui, c'est ce que je regarde quand je pose les yeux sur les murs.

– Il y a longtemps qu'elle est morte ?

– Suffisamment pour que je ne sorte plus deux assiettes quand je mets la table et que j'ose piquer sa place dans le lit. Trop longtemps.

Je me laisse déborder soudain par deux grosses larmes que j'essaie maladroitement de rappeler au bercail. C'est indécent.

– Ah non. Pas l'alcool triste. C'est pas fait pour ça.

Roger chasse la mélancolie comme on écrase un moustique, d'un revers de main, même si l'on sait que tôt ou tard un autre viendra nous piquer.

– Excusez-moi, c'est le calva, il est bon, mais je ne contrôle pas les effets secondaires. Je crois que je ne vais pas tarder de toute façon. J'ai rendez-vous avec des cons. Il ne faut pas que je les déçoive.

Ma petite réplique a le mérite de redonner ses couleurs d'origine à Roger.

– Vous avez l'air un peu coincé comme ça, mais quand vous vous lâchez, ça y va.

– Merci de votre franchise.

– Je ne voulais pas vous vexer, mais je ne vous apprends

rien. Vous savez bien que vous avez ce petit quant-à-soi, ce regard…

– Quel regard ?

– Vous savez… un peu… « nous ne sommes pas du même monde, n'approchez pas trop près ». Je vous dis ça, parce qu'en fin de compte vous n'êtes pas snob du tout. C'est ça qu'est bien. C'est une bonne surprise.

– Pour moi aussi, vous êtes une bonne surprise, Roger.

Je lui ai balancé ça dans un soupir irréfléchi et il jette à nouveau la tête en arrière, le sourire troublé par mon compliment, en tentant néanmoins de fanfaronner le mieux possible.

– Hé, j'ai l'air con au départ, mais à l'arrivée je ne suis pas le premier sur la liste, hein ?

– Loin de là, croyez-moi. Je peux vous en présenter tout un tas qui vous coiffent au poteau facile.

– Et si on se tutoyait pour fêter ça ? Vous n'êtes pas si snob, je ne suis pas si con, et de toute façon on est ronds comme des melons.

– Au point où on en est. T'as raison. Autant ne pas se raconter d'histoires.

– Un petit dernier pour la route ?

– Justement non. Si je croise les flics, c'est en garde à vue que je passe la soirée.

– Forcément, t'es tricotée dans de la dentelle, faut manger pour résister. Sinon, c'est certain que le vin te passe au travers. Vas-y, mets-toi jambe droite pliée en équerre et bras gauche sur le genou pour voir.

C'est en me levant que je prends la mesure des dégâts.

Je ne marche pas, je dérive. L'équilibre est assez lamentable en dépit de ma concentration maximale.

– Bon, ça va chercher dans les 1,2 au pire. Pas terrible, mais jouable. Tu prends les petites routes et tu conduis pépère. Un mardi soir, à cette heure-là, normalement tu ne croises personne.

– Je n'ai pas tellement le choix de toute façon. J'ai le ban et l'arrière-ban qui rappliquent à 20 heures et mon frigo est à peu près aussi vide que les sujets de conversation que nous allons aborder ce soir.

– Bon courage. Tu viens demain à l'informatique ?

– Ce n'est pas déconseillé les lendemains de beuverie ?

– Ça ne va pas arranger ta migraine, mais ça ne peut pas faire de mal.

– Si je n'ai pas passé la nuit au poste, je serai là.

– Impeccable. Bonne soirée.

– Bonne soirée à vous tous.

Sylviane m'adresse un large signe de la main, comme si elle agitait un mouchoir sur la passerelle d'un car-ferry, et cette vision me permet de partir en riant. Cela ne m'aide pas à filer droit mais ça me donne des forces pour affronter la suite.

Pas de képis sur la route, uniquement des lacets à n'en plus finir. Je laisse la vitre ouverte pour chasser les vapeurs d'alcool, mais elles semblent bien accrochées. La voiture tourne et tourne au rythme des aiguilles de ma montre. Il faut que je m'arrête sur le bas-côté. Vite. Mon Dieu, me voilà en train de vomir dans le fossé. Le tableau devient pathétique. Si mes filles me voyaient… ce n'était certainement pas ce qu'elles envisageaient derrière les lettres vertes de Nouvel Âge. Je rampe vers ma voiture, en pleine nuit, sur une départementale déserte. Pourtant, il y a longtemps que je ne me suis pas sentie si bien. J'ai mal au cœur, mais je glousse avec entrain en me hissant à mon volant, grisée par le bonheur simple du n'importe quoi. Mon portable indique un nouveau message : « Chérie, c'est Philippe, juste pour savoir si j'achète du pain, je suppose que tu l'as pris avec le gâteau chez Delambres, mais au cas où, j'ai encore le temps, je pars dans un quart d'heure. Je t'embrasse, à tout de suite. » Il a dû appeler pendant que je visitais le fossé. J'avais complètement oublié cette histoire de parfait au chocolat. Ça se gâte. Les deux boutiques sont à l'opposé et si je vais d'abord chercher le gâteau, je prends le risque que le traiteur ferme entre-temps. Tant pis, il vaut mieux au pire se passer de dessert que ne rien avoir à manger avant. Pas de changement de plan intempestif. Je fonce.

Fermé ? Ce n'est pas possible. Le rideau oxydé de la boutique est déjà sagement descendu et tout le centre-ville calfeutré derrière ses barreaux. Adieu foie gras, Saint-Jacques et parfait. Je n'ai même pas appelé Philippe. Les premiers invités doivent sonner à notre porte. Il faut réagir et je ne vois qu'une solution : le camion à pizzas.

– *Buena notte, señora, va bene ?*

– J'ai connu mieux. Ce n'est pas trop tard pour commander ?

– Che trop tard ? Pour vous bellissima, je cuis les pizzas dans la nuit, si vous voulez.

– Votre accent là, vous ne seriez pas un Italien de Meudon par hasard ?

– Che ? Vous insultez ma famille ?

– …

– Ok… Je suis né à Angers, vous n'étiez pas si loin… Pour les clients, c'est moins *dolce vita* alors…

– Capice, no problemo signore. Sono una tomba.

– Mais ma grand-mère était napolitaine.

– Alors là, respect. C'est elle qui vous a appris à les cuire ?

– Franchement ?

– Je préférerais, oui.

– CAP cuisinier à Fougères, mais j'y ai surtout appris le bœuf mode et les œufs en neige. Quand j'en ai eu marre des arrière-cuisines de bistrot, j'ai acheté le fourgon, j'ai pris l'accent et…

– Vous avez mis la main à la pâte.

– Esato.

– Et elles sont bonnes vos pizzas au moins ?

– Franchement ?

– Tant qu'on y est…

– Les meilleures del paese !

– Et vous me conseillez quoi ?

– La royale, la enzo et la végétarienne, les autres c'est des pièges à touristes, pour les gens qui voyagent tellement rarement qu'ils veulent se faire toutes les régions en un seul plat, genre la tartiflette, la corse ou la bretonne. Ce ne sont plus des pizzas, ce sont des cartes de France.

– Alors, va pour trois de chaque, avec de la sauce piquante, s'il vous plaît. Je vais éviter les fautes de goût, il ne faut pas que j'aggrave mon cas.

– C'est parti pour neuf pizzas et un petit verre de la casa pour réchauffer la señorita en attendant. Salute !

– Salute !

Improbable, une fois n'est pas coutume. Je trinque sous l'auvent d'un fourgon parfumé au feu de bois, alors que Philippe doit maladroitement accueillir son joyeux barreau en feignant d'avoir la situation sous contrôle. À cette heure-là, il me maudit ou il s'inquiète. Les deux certainement.

– Je peux vous poser une question ?

– Vous ne faites que ça depuis tout à l'heure, madame.

– Vous ne vous appelez pas du tout Enzo non plus ?

– Franchement ?

– Ok, laissez-moi deviner… euh… Marc ?

– Non.

– Je brûle ou pas ?

– Je n'ai pas un prénom de vieux, j'ai vingt-sept ans.

– Alors… Brian ?

– Pourquoi pas Sue Helen, tant que vous y êtes ! Mes parents, ils m'ont conçu, la télé elle était encore en noir et blanc.

– Je sais, j'y étais.

– Quoi ?

– Non, je veux dire, pas avec vos parents, dans cette époque en noir et blanc dont vous parlez.

– Mais vous, vous les faites pas, c'est pas pareil. Vous, vous êtes classe, ma mère c'est plus brut de décoffrage, elle n'a pas les mêmes rides et pas les mêmes crèmes, ça se voit au premier coup d'œil. Pas besoin d'avoir fait l'ENA pour comprendre.

– Enfin, au bout du compte, on est en noir et blanc toutes les deux.

– C'est pour ça que je ne peux pas m'appeler Brandon.

– Sylvain ?

– Pas du tout, mais plus cohérent déjà.

– Bon, donnez-moi un indice parce que…

– Karim.

– Non !

– Vous voyez, je suis plus crédible en Enzo. Un Arabe qui n'a pas une tête d'Arabe, les gens, ça les embrouille, ils n'aiment pas.

– Pas du tout, c'est pas ça, c'est juste que vous ne faites pas…

– Rebeu, c'est ce que je vous dis. Ma mère était algérienne et elle a épousé un Tunisien, qui l'a emmenée à Angers où je suis né, ne me demandez pas pourquoi. Et maintenant, je fais des pizzas avec ma tronche de Brian. C'est ça la France.

– Et votre grand-mère napolitaine dans tout ça ?

– Elle, j'y touche pas. C'est pour le business. Et puis à force, j'ai presque l'impression qu'elle a existé.

– Pourquoi ne pas l'appeler Claudia, c'est chic, non ?

– C'est chanmé ! Je vais créer une pizza Cardinale, ça va faire rêver les clients. Il leur faut de la nouveauté sur la carte, sinon ils se lassent. C'est toujours la même, mais quand on change le nom, ça lui donne des ailes et la pâte lève mieux !

– Vous êtes vachement plus drôle que le traiteur en tout cas. Je reviendrai.

– Attendez d'avoir goûté avant. Ça vous fera quatre-vingt-dix tout ronds.

– Merci. Ça sent bon. Dernière question ?

– Allez-y.

– Le vino de la casa ? Anjou ? Boulaouane ?

– Non, montepulciano ! Il faut pas se faire piéger sur les détails. Je suis pas un bleu quand même.

– Je sais, tu ne t'appelles pas Brian.

– Au fait, vous c'est comment ?

– Caroline.

– Caroline de Monac ?

– Si vous voulez…

– Alors, arrivederci Carolina.

– C'est ça, à bientôt Karim, inch'Allah.

Je suis obligée de sonner. Je n'arrive même pas à ouvrir avec les bras chargés de pizzas. J'ai l'impression d'avoir fait le mur quand je vois la tête de Philippe. Il ressemble de plus à plus à son père, il m'angoisse.

– C'est pas vrai, mais qu'est-ce que tu foutais, je me

suis fait un sang d'encre. Je t'ai laissé quatorze messages. Ils sont tous là.

– Pas la peine de chuchoter comme ça, détends-toi.

– Détends-toi ? Tu plaisantes ou quoi ? Qu'est-ce qui t'est arrivé ?

– Écoute, aide-moi plutôt avec les pizzas au lieu de me postillonner dessus. Va dans le salon, je gère.

– Des pizzas ? C'est une blague ? Tu me fais marcher ?

– Oui, c'est ça, et comme je voulais être sûre que tu me croies, je me trimbale avec neuf cartons qui sentent le gorgonzola. C'est crédible, hein ?

– T'es pétée en plus ?

– T'es pathétique, Philippe, avec tes grands airs de duègne. Va retrouver tes copains. J'arrive.

Il faut que je calme ce fou rire. Il faut que je trouve une excuse. Si j'arrive à me tenir pied droit à l'équerre et bras gauche sur le genou, j'entre comme si de rien n'était. Ok, je tombe. C'est l'échec. Le montepulciano de Karim ne m'aide pas beaucoup sur ce coup-là. Pas possible de monter à la salle de bains sans passer par le salon. Je n'ai plus qu'à me rincer la bouche à l'évier avant de me recoiffer devant la porte du four. Ça me rappelle Chantal. Je pouffe à nouveau en pensant à la remarque d'un septuagénaire mal dégrossi tout à l'heure : « Hé, Chantal, tu t'es fait chier dessus par un canari ou quoi ? » Il faut que j'arrête de glousser toute seule comme ça. Je n'arrive même pas à étaler mon rouge à lèvres sans déborder. Je vais mettre les pizzas sur des plats pour faire joli. Ils m'ont tous entendue rentrer. Je ne peux même pas me vanter d'un « Ça vous plaît, c'est moi qui l'ai fait ? ». Il faut la jouer décontractée, du style : soyons modernes, nous sommes en 2010, le foie gras, le homard, vous ne trouvez pas ça ringard ? Ou bien éviter le sujet, sans s'excuser du retard ni du menu, en attaquant direct sur Rachida Dati. Ou alors, un bon mensonge. Reste à savoir lequel.

– Caroline, tu veux un coup de main ?

Philippe m'exaspère avec sa voix de publicitaire. Il joue les châtelains super cool en faisant mousser sa petite particule. Il m'énerve ce soir, c'est physique : son pantalon à fines côtes, sa chemise impeccable et sa musique d'ambiance qui étalent un bonheur de catalogue. J'ai envie de me barrer, plus que jamais. Il n'y est pour rien, il est juste comme d'habitude. C'est bien ce que je lui reproche.

– Ma chérie, tout va bien ?

S'il savait comme je vais bien, tellement bien. Pas envie d'entrer dans cette salle à manger parfumée à l'ennui, pas envie de me glisser parmi les jambes élégamment croisées, à côté de ces paires de fesses minutieusement entretenues dans les cours de barre au sol du Gymnase Club. Et si je m'en allais pour de vrai ?

Trop tard, il est là, avec sa mine catastrophée.

– Bon maintenant, ça suffit. Viens boire le champagne. Encore une chance que j'aie pensé à en mettre au frais hier. Sinon, c'était pif et saucisson pour tout le monde. Je te remercie, Caro, vraiment, c'est sympa.

Il recommence à chuchoter et à sautiller sur place. Nous nageons en plein vaudeville. Je le suis docilement puisque j'ai signé il y a longtemps pour le meilleur et pour le pire. Avant de passer la porte, j'ai tout de même pitié de lui.

– Philippe ?

– Quoi ?

– Ta braguette est ouverte.

Il est soudain pris en faute et ça l'agace encore plus. Je lui sauve la mise sans être gratifiée du moindre remerciement. Ingrat.

Et me voilà face au parterre de géraniums. Pour un peu, j'aurais à nouveau l'alcool triste.

– Ah, Caro, tu t'es fait désirer, qu'est-ce qui t'est arrivé ?

Oui, au fait, elle a raison cette conne, qu'est-ce qui m'est arrivé ?

– Le coup de la panne.

– Oh, ma pauvre. Mais c'était quoi, tu n'avais plus d'essence ?

Ségolène prend des mines dramatiques en m'écoutant, alors que nous savons toutes les deux qu'au fond elle s'en balance.

– Exactement, le truc idiot. Je n'ai pas fait attention au voyant et, quand je m'en suis aperçue, c'était trop tard.

Philippe soupire en essayant de montrer le visage détendu du mari que les petits soucis matériels n'atteignent pas. En réalité, je sais qu'il visualise la note du garagiste, exaspéré par ma négligence.

– Et c'est arrivé où ?

– En rase campagne. C'est toujours plus pratique. Pas de réseau sur le portable. Et la nuit qui tombait.

– Non ? Oh, c'est l'horreur…

C'est au tour de Christine à présent de me plaindre, de ses prunelles de tragédienne.

– Mais comment as-tu fait ? me demande Inès.

– Ce que chacune d'entre nous aurait fait en pareille circonstance. J'ai attendu qu'un homme passe.

– Et alors ?

– Un quart d'heure après : un agriculteur du coin. Il a appelé la dépanneuse.

– La dépanneuse ? s'inquiète Philippe.

– Ben, c'est un peu l'usage en cas de panne.

L'animosité de ma remarque ne doit échapper à personne et surtout pas au principal intéressé.

– C'est fou, tout de même. On achète des voitures qui vous guident, qui font le créneau à votre place et qui vous ramènent quasiment toutes seules à la maison. Eh bien, vous arrivez malgré tout à tomber en panne.

Je me doutais que Richard en profiterait pour nous régaler d'une petite pique misogyne. C'est mon préféré celui-là. Il ne déçoit jamais. Inès s'esclaffe pour tenter de nous faire croire qu'il s'agit de second degré alors que nous savons tous qu'aucune ironie n'est jamais venue se loger dans la tête de son mari. André, plus fin que les autres, rebondit afin de nous épargner le couplet féministe de sa chère Ségolène en représailles :

– Mais qu'est-ce que tu fichais à la campagne, au fait ?

Oui, au fait il a raison ce con, qu'est-ce que je fichais à la campagne ?

– J'étais partie aux champignons.

– Ah, j'y allais quand j'étais petite avec maman, c'est croquignolet comme tout.

Christine a l'art de nous sortir des expressions de dînette. Cette femme est la désuétude personnifiée.

– Et alors, t'en as ramassé beaucoup ?

– Plein.

– C'est pour ce soir ?

– Non, ce soir, c'est pizza.

Inès éclate de rire, avant de comprendre avec embarras qu'il ne s'agit toujours pas d'une blague. Décidément.

Finalement, la enzo a eu son petit succès, il ne reste pas une seule part sur les plats. Philippe nous sert tous ses grands crus, à peine chambrés, pour compenser, alors qu'un bon petit collioure conviendrait parfaitement. Lorsque l'heure du dessert survient et qu'il ne reste plus qu'un pot de faisselle à zéro pour cent dans le frigo, il est sur le point de demander le divorce et cette fois je ne peux plus réprimer mon hoquet.

Nous repartons dans un conciliabule ridicule en cuisine :

– Écoute, Philippe, tout va bien. Laisse agir le charme de l'Italie. Tu sers un digestif et on n'en parle plus.

– Caro, tu as bu, tu es bizarre, tu nous colles la honte devant tous nos amis !

– Ah non, là, je t'arrête tout de suite, ce ne sont pas mes amis.

Manque de chance, Christine vient d'entrer pour tamponner à l'eau fraîche son corsage maculé de saint-estèphe. Impossible de feindre.

– Excuse-la, Christine. Ne le prends pas mal. Elle n'est pas dans son état normal. Elle ne sait plus ce qu'elle dit.

– Saloperies de champignons. C'est croquignolet, mais ça vous met la tête à l'envers. T'as connu ça, toi Christine ?

Totalement décontenancée par mon manque de savoir-vivre, elle se verse la moitié de la salière sur le chemisier en se pinçant la lèvre inférieure, avant de retourner précipitamment au salon.

– C'est quoi cette fois ? La crise d'ado ou la ménopause ?

– La renaissance, Philippe. L'envie de vivre. Tu ne peux pas comprendre.

– Tu me prends pour un con en plus. Moi aussi ça me fait chier ces dîners, mais trois fois par an, tu ne peux pas faire un effort ?

– Fois trente-quatre, Philippe, sois précis. Sur la durée, ça commence à peser. C'est beaucoup de minutes et encore plus de secondes que nous aurions pu passer à faire l'amour, à manger des quatre-fromages ou à nous bourrer la gueule.

– De ce côté-là, je vois que t'as rattrapé le retard.

– Et alors ? On pourrait en rire avec eux. Pourquoi est-ce que je ne pourrais pas débarquer et dire :

« Désolée, j'ai un peu honte, mais je me suis pris une cuite avec mes copains de Nouvel Âge. Une dégustation qui a mal tourné. Du coup, j'ai un peu zappé les courses, mais j'ai des super-pizzas » ?

– Eh bien, dis-leur, vas-y.

– Non, je vais me coucher, tu leur diras que ta femme a ses vapeurs. Ça les fera causer.

– C'est ça, va cuver. Ne leur dis pas bonsoir, je m'en fous.

– Philippe ?

– Oui.

– Braguette.

Il me fusille du regard, excédé, en remontant sa fermeture Éclair. Cette fois, je pouffe ouvertement, sans complexes, sans retenue.

Je passe devant eux en pleurant de rire. J'arrive à peine à murmurer un « Bonsoir, désolée, ce n'est pas vous, je suis juste un peu partie… », avant de grimper l'escalier péniblement.

Le dernier regard que je capte est celui de Philippe, atterré et loin, si loin de moi.

# 9

Réveil difficile. Je n'ai même pas entendu Philippe se lever. C'est mieux comme ça. Nous nous épargnons une dispute matinale. De toute façon, il n'y a rien à dire. Il est obtus, arc-bouté sur ses principes bourgeois. Il me juge du haut de ses soixante-trois ans, comme s'il comprenait tout à ma place. Il était vieux hier soir. Étriqué, sans lumière. Il ne supporte pas que je chahute son train-train. Sa vie est aussi rangée que son armoire. Tout ce qu'il demande, c'est de continuer ainsi jusqu'à la fin des temps, sans heurts ni surprise. Il est béat. Il a trouvé son équilibre et il a peur que je vienne lui mettre ses affaires sens dessus dessous. À force de couver son bonheur, il va lui rester une peau de chagrin entre les bras. Je suis épuisée de prétendre que rien ne change, que ma peau ne se ride pas, que mes cheveux ne tombent pas, que la mort n'approche pas. Mes filles ont si peur elles aussi d'admettre la vérité qu'à la moindre remarque, elles deviennent agressives, bloquant toute discussion : « Oh, maman arrête, t'es chiante, t'es super jeune, tu vas super bien. » Tout doit toujours être super. Il est interdit d'envisager autre chose. Il faut aller de l'avant en restant sur les mêmes rails, bien tracés, rassurants pour tout le monde. Sinon c'est de l'égoïsme. Il est interdit de flancher. Il ne faut pas décevoir ses proches, il ne faut pas les perdre, il ne faut pas les abandonner. Mais j'étouffe.

Roger me claque une grosse bise et s'assoit à côté de moi. C'est mon pote à présent. Rien de tel qu'une bonne cuite pour débuter une amitié.

– Alors, t'as pas croisé les flics ?

– J'aurais préféré. À la maison, ce n'était pas la folle ambiance.

– T'aurais dû rester avec nous. On a fêté jusqu'à trois heures, je te dis pas.

– Ah bon, mais vous avez dansé ?

– Non, on a regardé l'Eurovision, on s'est bien marrés. Après, Hugues a chopé la vieille guitare de mon fils et on a chanté comme des sourds.

– Hugues, c'est le moustachu qui a des faux airs de Philippe Noiret, là-bas ?

– Oui, il était prof de musique dans le temps. Il chante pas mal du tout pour son âge. Il a soixante-quinze quand même.

– C'est vrai que la voix vieillit aussi. On ne nous épargne pas grand-chose en fin de compte.

– Ah, la vieillesse, poil aux fesses… Vaut mieux en rire qu'en pleurer.

– Si tu le dis.

– Pourquoi tu ne viens pas à la chorale ?

– Ce n'est pas sur la liste des activités, si ?

– Non, c'est Sylviane qui nous a débauchés. Elle est soprano dans un chœur gospel. C'est à l'église du Vœu tous les mercredis soir.

– Ah oui, mais le soir, Philippe ne travaille pas, donc…

– Tu ne fais rien sans ton mari, toi ?

– Si, mais… En fait, non t'as raison. Depuis que je suis retraitée, je me cale sur ses horaires, comme si ses heures à lui étaient plus précieuses que les miennes. C'est bête finalement.

L'arrivée du prof interrompt notre conversation. Toutes les femmes se retournent vers lui en un sourire. C'est vrai qu'il renouvelle le paysage. Il cache maladroitement ses yeux verts derrière une paire de lunettes rondes, manifestement pour se donner de la légitimité, bien plus que pour corriger sa myopie. Sa barbe mal rasée enveloppe deux joues rondes et pleines. Sa jeunesse paraît l'embarrasser face à nous. Pourtant, personne ne lui reproche d'être ferme sous sa chemise en coton et encore moins d'avoir des traits fins, posés sur un visage dessiné hier.

– Bonjour à tous.

Sa voix est un peu rauque, hésitante et mal réveillée. Il toussote, cherchant à nouveau à déguiser sa timidité.

– Ok, on poursuit sur Photoshop aujourd'hui. Je passe voir vos logos pour commencer.

Les étuis à lunettes claquent en un son unanime,

chacun chaussant ses binocles pour scruter son écran avec application. Roger a déjà allumé son ordinateur et son gros index clique aussi délicatement qu'il le peut pour ouvrir le logiciel. La concentration dans la salle est à son comble et j'en mesure l'enjeu autant que les autres. De nos jours, l'informatique, c'est la survie, le lien avec la jeunesse. Le maîtriser, c'est refuser d'assister à ses propres funérailles. Les fronts plissés autour de moi semblent crier : oui, nous avons abandonné le texto et les MMS, mais non, nous ne lâcherons rien sur l'ordinateur. Il ne sera pas dit que nous n'arriverons pas à envoyer des pièces jointes, à nous protéger des spams ni à retoucher nos photos de vacances. Alors, arrêtez de nous prendre pour des vieux cons !

Bon, en attendant, l'armée de cerveaux bute au premier obstacle et les mains se lèvent les unes après les autres pour héler le professeur à la rescousse. Il reste manifestement un peu de boulot. En ce qui me concerne, je contemple la panoplie sibylline de pinceaux et de sigles étranges sur Photoshop, comme si j'apprenais à lire et à écrire. Ce n'est pas gagné. Roger me montre comment faire des ronds, mais lui-même éprouve bien des difficultés à maintenir le clic de la souris pour saisir son cercle et le déplacer.

– C'est « Ctrl-A » pour tout sélectionner, ânonne Sylviane en suivant du doigt les lignes de son manuel, *L'Informatique pour les nuls*, la bible de la plupart d'entre nous, autre cadeau empoisonné de notre descendance, à n'en pas douter.

Sylviane ne suit pas le même cours que nous : elle désactive une bombe, agissant avec une lenteur excessive, posant ses doigts l'un après l'autre sur le clavier en bloquant sa respiration.

Roger me montre son logo avec fierté. Une colombe tend maladroitement ses ailes vers le ciel, portant sur son dos de grosses lettres d'or : « Dreamjet ». En dessous flotte l'accroche : « Vos rêves n'auront plus de frontières » dessinée en petits nuages blancs.

– C'est pas beau, ça ? Ça fait pas fantasmer la ménagère ?

– Comment as-tu dessiné tes nuages ?

– J'ai mis le calque sur transparence. Ensuite, j'ai augmenté la saturation. Enfin, j'y ai passé un petit paquet d'heures. C'est prenant ces conneries.

– Je ne suis pas certaine d'avoir la patience justement.

– Vas-y. Tu inventes une compagnie aérienne, ton slogan, et c'est parti.

– Et c'est parti pour un long voyage avec beaucoup de turbulences…

– Une fois que t'as l'idée, ça va tout seul. C'est la meilleure manière de s'exercer de toute façon.

Chantal et Jacky ont travaillé sur le même logo et sont en train de le montrer au professeur. Un aigle massif évoquant davantage l'univers des motards que celui de l'aviation est posé sur des lettres rouge feu : « Wildair, les sensations fortes ne sont pas si loin. »

C'est marrant, leur côté rocker insoupçonné à ces deux-là. Je les aurais plutôt vus vendre les mérites d'une compagnie familiale et sécurisée, au lieu de quoi ils ont choisi une police enflammée et un slogan sauvage.

Pourquoi des mots anglais exclusivement, d'ailleurs ? Notre langue française ne sait-elle pas voler ? Sent-elle trop le Vieux Continent pour décoller ? Je vais prendre le contre-pied en partant d'une formule au parfum de réclame bien de chez nous. Pourquoi pas Air Jouvence ? « Air Jouvence, faites la route dans l'autre sens ! » Ma compagnie va cibler les retraités, ceux qui espèrent gagner des années à chaque mile pour repartir du bon pied à l'atterrissage. Je vais choisir des couleurs fraîches qui embaument la lavande et l'élixir de jeunesse. L'accroche est désuète, mais elle sera compensée par un mouvement dynamique et des reflets high-tech sur les lettres du logo. J'ai dans la tête l'idée d'un profil de vieille femme, dont le nez évoque celui d'un avion et dont les rides s'en vont avec la vitesse. Et si je demandais à Roger de le dessiner à ma place ? Finalement, est-ce que je ne préfère pas rester une vieille conne et éviter de passer des heures à diriger vainement une souris ?

– Roger, où est la flèche, s'il te plaît ?

– Grande, petite, simple ?

– Je ne sais pas moi, une flèche qui va dans cette direction et qui va vite.

– Alors, il faut la dessiner avec le stylo, ensuite tu l'épaissiras.

– Et je peux la peindre en argenté ?

– Dans toutes les couleurs que tu veux. En arc-en-ciel, si ça te chante.

– En fait, rien ne me chante, le plus simple sera le mieux.

– Tiens, Julien va t'expliquer, il arrive.

Ledit Julien s'approche en effet, avec ses lunettes, sa chemise légèrement ouverte et son allure faussement décontractée.

– Ah, pardon, vous êtes nouvelle, je ne vous avais pas vue. Il fallait me le dire.

– Il n'y a pas de souci, Roger m'a expliqué. Enchantée, je suis Caroline.

– Bienvenue alors. Vous avez des notions sur le Pack Office ?

– À part Word, euh... non.

– Et Excel, un petit peu aussi, non ?

– Euh... non plus. J'ai toujours eu de très bonnes assistantes.

– Vous étiez dans quoi ?

– Dans les dents. J'étais soigneuse de dents.

– C'est pas vrai ! Je suis un peu gêné de vous demander ça. Vous me dites, hein, mais si vous vouliez bien juste jeter un œil. Aucun dentiste ne peut me prendre et j'ai un morceau de molaire qui est tombé ce matin, c'est très douloureux.

– Pas de souci, si vous me faites mon logo en échange. C'est d'accord.

Son sourire me révèle des dents en bonne santé et un émail plein de promesses.

– Vous savez, rien ne vous oblige à faire l'exercice. Le

seul intérêt, c'est de progresser. Si je m'y colle à votre place, ça n'a pas grand sens.

– Alors en ce cas, je veux bien que vous me montriez, parce que je n'ai pas l'assiduité de Sylviane pour ce genre de choses. Je suis un peu fâchée avec les modes d'emploi. Et les ordinateurs.

Mon futur patient glisse son bras par-dessus mon épaule pour accéder à la souris et un frisson chaud me parcourt imperceptiblement. Je n'ai plus l'habitude qu'un homme s'approche si près. C'est étonnant, ce décalage que l'on peut éprouver en vieillissant entre la perception interne de soi et l'image que les autres ont de vous. Il ne ressent pas l'ambiguïté de la situation parce que pour lui, il ne peut pas y en avoir. Je suis une retraitée, c'est un jeune actif. La question ne se pose pas dans sa tête. Seulement moi, si je ne me regarde pas dans le miroir, j'ai encore le sentiment d'être cette jolie nana à la frange épaisse et aux reflets auburn, troublée de sentir le souffle d'un garçon près d'elle. Je suis en jet lag. J'ai l'impression d'avoir encore trente-cinq ans mais les autres se chargent de me remettre les pendules à l'heure. Atterrissage brutal : « Merci d'avoir voyagé en notre compagnie, nous vous souhaitons un excellent séjour en France, la température extérieure est de 12 degrés et vous avez soixante ans. » Dommage.

En quelques clics extraterrestres, Julien recopie mon slogan en lettres mauves aux reflets d'argent. Il commente chacun de ses gestes, que je feins d'observer attentivement alors que ses mots me traversent le cerveau à la vitesse du son. Je n'imprime pas.

– À vous maintenant. Vous colorez l'arrière-plan, en utilisant les raccourcis clavier.

– J'y vais comment à l'arrière-plan ?

– Je viens de vous le dire. Bon, je vous réexplique, mais prenez des notes maintenant.

Il m'infantilise. On dirait Lise quand elle me montre comment utiliser mon lecteur DVD : « Mais maman, tu le fais exprès ! C'est à la portée d'un enfant de trois ans. Tu m'écoutes au moins ? » Je ne sais pas pourquoi : je bloque. J'ai fondamentalement envie de rester ignare. Mon disque dur est saturé. Il n'a de plus de place pour accueillir toutes ces données ennuyeuses.

– Vous êtes en veille, là. Je ne vous sens pas très à l'écoute.

– En effet, pardon. J'ai pris quelques notes. Je vais me débrouiller avec ça, merci.

– Vous savez, ce n'est pas grave, si ce n'est pas votre truc. Je ne vais pas vous forcer. Essayez une autre activité.

Il est vexant à la fin ce gamin. Pour qui se prend-il ? Sous prétexte qu'il se frise sur Powerpoint ou je ne sais quel logiciel abscons, il comprendrait tout à la vie ? Dans trente ans, il sera dépassé comme les autres par les nouvelles technologies et il fera moins le malin. Malheureusement, je ne serai pas là pour le voir et savourer ma revanche. J'emmènerais volontiers ces blancs-becs en promenade dans les années 60. Nous nous délecterions du spectacle de leur laborieux apprentissage : se dépatouiller avec les machines à écrire, réussir ses créneaux sans direction assistée, appeler l'opérateur depuis une cabine à pièces… Certes, ils s'adapteraient plus vite que nous, mais pendant une ou deux journées, nous jouirions d'un sentiment de puissance, comme eux à notre égard aujourd'hui. Puisque c'est ainsi, il va voir mamie à l'ouvrage. Je vais m'enquiller le manuel de Sylviane. Nous en reparlerons dans une semaine.

– Merci Julien, je préfère persévérer. Je n'ai pas pour habitude de baisser les bras. Je vais potasser d'ici la semaine prochaine.

J'ai adopté le ton sec de circonstance, lèvres pincées et regard noir. Non mais. Il repart vers une autre table, l'air peu convaincu. Je crois qu'il s'en fout. Tout ce qu'il veut, c'est que je lui reluque les dents du fond et que je ne le sollicite pas trop pendant son cours. Pauvre type. Cette supériorité de la jeunesse m'horripile. Quel dédain dans ses yeux et dans sa manière de se trémousser de la souris. Évidemment que je ne retiens rien. Sa démonstration est orientée dans le seul but d'épater la galerie et non d'expliquer clairement. C'est facile de briller dans ces conditions.

– Dis donc, tu as flashé sur le prof d'informatique ?

– T'es malade ou quoi, Roger ?

– Ben, t'écoutes pas son explication, tu le fixes comme un serial killer et t'es toute rouge, alors j'en ai déduit…

– C'est plutôt le contraire, tu vois. Je n'aime pas ses manières. C'est un frimeur.

– Moi je trouve le gars plutôt bien. Pas prétentieux. Il

est arrivé dans la région il n'y a pas longtemps. Il est plus malheureux qu'autre chose, si tu veux mon avis.

– Ah bon, pourquoi ?

– Oh, pour les potins, il vaut mieux s'adresser à Greta, c'est plus son rayon. Il me semble qu'elle parlait d'un accident, mais je n'en sais pas plus.

– Greta, c'est celle qui portait le T-shirt « Allumez le feu » hier ?

– Ça ne peut être qu'elle. Johnny pour elle, c'est Dieu le Père.

– En tout cas, malheureux ou pas, il m'a prise pour une conne et je n'aime pas ça.

– On en est tous là. À part Marin qui touche en ordi, on patauge tous dans la même mare. Il faut aller à son rythme.

– À quoi ça sert de savoir tout ça ?

– À plein de trucs, mais principalement à ne pas être largués et à épater nos gosses à l'occasion.

– Ils nous mettent la pression quand même.

– C'est parce qu'ils nous aiment. Ils ne veulent pas nous voir partir. Les miens sont pires depuis qu'ils ont perdu leur mère. Ils ne supportent pas que j'esquisse un seul pas vers la tombe. C'est pas plus mal. Grâce à eux, je me laisse pas aller.

– Peut-être.

– T'en fais pas. Ça vient vite. Regarde mon logo. De loin, on dirait presque un truc de pro.

– De très très loin alors.

– Tu charries. Il faut que tu le voies imprimé, ce n'est pas le même rendu.

– Ça doit être ça alors.

Roger perçoit mon ironie. Ça m'amuse de me moquer de lui et son sourire édenté ne cherche pas à m'en dissuader. Il reprend son ouvrage avec la même ardeur, au-delà des complexes, humble. Il n'attend rien des autres, rien d'immense de la vie. Il espère juste passer entre les gouttes avec le plus de douceur et de délicatesse possible, en menant sa barque paisiblement. Pourquoi en demander plus ? Roger passe comme les saisons, sans chercher à imprimer sa marque pour la postérité. C'est l'existence en minuscules d'un grand monsieur ordinaire.

Il interrompt ma pensée, la sentant sans doute braquée sur lui :

– Arrête de le fixer comme ça, il n'y est pour rien ce pauvre PC. T'as des soucis ? T'as le calva morose ?

– J'ai eu le temps de cuver quand même.

– T'as pas l'air dans ta bolée, en tout cas. T'as les sourcils bougons.

– Non, je suis juste un peu de mauvais poil à cause de Philippe, mon mari. On s'est... enfin, je l'ai... Il me fait la gueule pour dire les choses clairement.

– Les maris n'aiment pas trop retrouver leur femme bourrée sur le pas de leur porte, ça se conçoit dans un sens, mais il ne va pas te quitter pour ça, va, t'en fais pas.

– Ce n'est pas ce que je redoute. Tu sais ce qu'il y a de pire : c'est d'être deux et de se sentir seul malgré tout.

– Non, crois-moi. Ce qu'il y a de pire, c'est de ne plus être deux.

– Excuse-moi, Roger. Je suis maladroite.

– Tu n'y es pour rien si je suis plus malheureux que toi. Accorde-moi au moins la première place. Ça me fait toujours ça.

– Tu me bats déjà à plate couture en informatique, tu ne peux pas tout avoir.

Julien indique à ses petits vieux que le cours est terminé et les écrans retombent un à un dans les ténèbres au son des cinq notes indiquant l'extinction de la machine. Quel est le compositeur qui a eu un jour l'idée de pondre cette mélodie stridente ? « Comment es-tu devenu riche ? – Tu sais, quand tu éteins ton PC, la musique qui monte en puissance, là ? – Euh, oui… – Ben, c'est moi. » Je range cette question sur l'étagère de mon cerveau réservée aux trucs étranges et sans réponses, à côté de : « Qui a eu l'idée du bip insupportable indiquant que vous n'avez pas attaché votre ceinture ? » Il y a des choses qui me dépassent. J'ai dû vivre trop longtemps sans ceinture et sans ordinateur.

Julien se tient la mâchoire pour s'assurer que je ne l'oublie pas. C'est fou ce que les hommes sont des chochottes quand même. Ni règles douloureuses, ni vertiges, ni accouchements. Bilan des courses : à la moindre défaillance, ils agonisent.

– Alors, il est où ce bobo ? Qu'est-ce qui se passe ?

Je m'adresse à lui comme s'il avait trois ans. À mon tour de le prendre de haut. Il s'assoit en penchant la tête en arrière, puis ouvre la bouche sans retenue pour me désigner l'endroit du mal.

– En fait, je me suis battu il y a un mois et je crois que c'est la suite de tout ça.

Voilà autre chose, il me la joue Clint Eastwood maintenant.

– Vous avez reçu un coup de poing ?

– Oh, plus d'un, oui. J'ai perdu deux bouts de dent, mais je ne m'en suis pas trop occupé, et maintenant, c'est très douloureux.

– Ouvrez plus et enlevez votre doigt, s'il vous plaît. Ok.

– C'est grave ?

– Nullement. En revanche, désolée de vous décevoir, ça n'a rien à voir avec votre blessure de guerre. C'est moins glamour, mais vous avez deux caries sur les dernières molaires et un plombage qui a foutu le camp.

– Ah bon ?

– Ben oui. Vous vous brossez les dents matin et soir ?

– Euh, dans l'ensemble, oui.

– Eh bien, faites-le dans le détail maintenant et allez voir mon confrère, il est très bien. Je vais lui passer un coup de fil pour qu'il vous prenne vite.

– Vous ne faites plus de consultations du tout ?

– Si, bien sûr, j'ai construit un cabinet dentaire dans mon extension. Je me suis dit que c'était plus original qu'une salle de sport.

– Vous vous foutez de moi, là ?

– À votre avis ?

– Remarquez, je comprends que ce ne soit pas une passion de soigner des caries.

– Détrompez-vous. J'adorais mon métier. Simplement, il faut savoir s'arrêter un jour et ce n'est pas le genre d'activité que l'on poursuit comme un hobby.

– Il est loin le cabinet de votre collègue ?

– Dans le centre, allez-y tout de suite, il vous fera passer entre deux. Il s'appelle Pierre-Ange Delormes.

– Merci.

– De rien, à la semaine prochaine. J'aurai révisé mes cours, c'est promis.

– Et moi brossé mes dents, c'est promis aussi.

En quittant la classe, je surprends un couple occupé à se peloter dans un recoin. Stupeur et malaise. Sylviane est en train d'embrasser Hugues sous sa moustache. Elle l'enveloppe de ses longs bras et se déroule comme du fil de pêche en m'apercevant. Tels deux écoliers pris en faute, l'œil frisé, la joue rouge et les épaules rentrées, ils semblent murmurer : « C'est pas moi qui ai commencé, madame ! » Je leur souris d'un air encourageant et Sylviane, qui domine son compagnon d'une bonne tête, en profite pour me glisser un clin d'œil.

Je m'éloigne sur la pointe des pieds pour laisser les tourtereaux à leurs amours clandestines. Hugues doit avoir dix ans de plus qu'elle à vue de nez. Je l'imagine avec sa guitare, en vieux yéyé déglingué, faisant danser Sylviane autour d'un feu de camp. Pourquoi pas ? La vie est courte, autant avoir les idées longues.

# 10

J'ai laissé mes petits amoureux de Peynet bien au chaud derrière moi pour déboucher sur ce parking venteux. Mais je constate avec satisfaction que je ne suis pas la seule à affronter le froid. Julien est encore là, accroupi devant son vélo.

– Décidément, ce n'est pas votre jour. Les deux pneus sont à plat ?

– Quelqu'un a dû reculer dessus. Regardez-moi ça. C'est pas vrai !

– Quelle idée de venir en vélo par un temps pareil aussi.

– Je n'ai pas de voiture.

– Vu comme ça. Bon, allez, je vous emmène au cabinet. Ce sera l'occasion de dire bonjour à Pierre-Ange.

– Ça ne vous ennuie pas ?

– Pas de souci. Ma voiture est juste là. Montez.

Finalement, il pavane moins en dehors de sa salle de classe. Il a ôté ses lunettes et ses yeux paraissent perdus, plus apeurés, plus troubles. Il accroche sa ceinture sagement, avant de me demander d'un air timide :

– Ça vous dérange si j'allume une cigarette ?

– Oui.

J'ai l'art de glacer l'ambiance parfois, mais je ne sais pas répondre aux questions autrement. Je déteste l'odeur de nicotine dans les voitures. C'est physique. Cela fait probablement de moi une personne intolérante, mais c'est comme les miettes sous les sièges, je n'y peux rien, ça me gâche le voyage. J'essaie de redonner un peu de souffle chaud dans l'habitacle en entamant gentiment la conversation :

– Votre bicyclette, c'est par conscience écologique ?

– Vous me dites ça parce que vous roulez en 4×4 ?

– Non, parce que je me demande comment on peut survivre dans cette région sans voiture.

– C'est parfois la meilleure façon de survivre.

Merde. L'accident. Roger a parlé tout à l'heure d'un accident de voiture, il me semble. Terrain glissant. Il faut que je change de sujet. Trop tard. Il a déjà l'air plongé dans des souvenirs douloureux. Je tente un « Ça va ? » classé sans suite. Il n'y a plus qu'à allumer la radio. Nous tombons directement sur Nostalgie. J'ai un peu honte d'écouter ce truc de vieux. En voiture, il me faut du kitsch, du lourd, pour m'évader. J'adore chanter au feu rouge en martelant mon volant pour monter dans l'aigu au premier virage. Plus les paroles sont idiotes, plus j'aime. Je fronce les sourcils, je me prends pour Mike Brandt et je hurle dans la bagnole. C'est délicieux. C'est mon petit secret. D'habitude, je mets vite France-Info ou Fip lorsque quelqu'un monte avec moi. Je n'assume pas mon côté midinette. Je déteste les flagrants délits, mais il n'en est pas offusqué. Cela doit lui paraître naturel que j'écoute ces tubes à l'eau de rose. Après tout, je suis la cible typique : dépassée et déglinguée… La situation est tout de même incongrue : nous avons les yeux de l'autre côté du pare-brise, lui absorbé par je ne sais quelle pensée lugubre et moi tentant en vain de trouver un sujet plus aimable, tandis que la radio déverse ses sanglots en crescendo : « si je pouvaiaiaiais me réveillererer à tes côtésésésésés »… C'est pathétiquement drôle.

Je ne suis pas mécontente de me garer. Le bruit des portes qui claquent me réconforte après ces minutes de larsens sur fond de pierre tombale. Je ne sais pas si c'est la rage de dents ou le secret qu'il protège derrière son regard farouche, mais il n'y a pas besoin d'avoir fait psychiatrie pour comprendre que ce garçon va mal.

Pierre-Ange est sur le seuil de la porte lorsque nous sonnons. Hirsute, il traverse la pièce de long en large.

– Ah, ma Caro ! Je suis ravie de te voir, mais tu choisis mal ton moment. Je n'ai pas une minute. Figure-toi que mon assistante vient de partir aux urgences. Elle s'est cassé le poignet. Je ne suis pas aidé, tu sais. Comment tu vas ?

Il nous déverse ce flot de paroles en deux secondes trente en s'agitant avec frénésie. Du grand Pierrot.

– Ça va bien, et toi ?

– Exsangue, mais bon, tu sais ce que c'… ah, les voilà

ces saletés de clés. Cinq minutes que je retourne la boutique. À peine le temps d'aller chercher un sandwich. Dans une demi-heure, j'ai la salle d'attente pleine comme un œuf et personne au standard. Ça, on ne va pas y couper.

– Béa ne peut pas te donner un coup de main ?

– Tu n'es pas au courant ? Elle a déménagé. Elle est partie dans le Sud. Et toi au fait, qu'est-ce qui t'amène ?

J'entrouvre un peu plus la porte pour découvrir le visage de Julien.

Un moment de flottement. Il n'ose pas me demander si c'est mon neveu ou un jeune ami. Je ne vais quand même pas lui dire que c'est mon prof d'informatique, il ne s'en remettrait pas ou pire, croirait au mensonge. Il connaît trop mon aversion en la matière. Ne rien dire, c'est mieux.

– Julien a deux vilaines caries et je lui ai proposé de passer, mais visiblement ce n'est pas le jour, je vais l'emmener chez Stéphanie.

– Non, elle est en congé. C'est pour ça que toutes les dents de la ville accourent chez moi. Désolé, je ne peux rien faire pour vous, monsieur. En revanche, Caro, tu connais la maison, *make yourself at home*. Deux caries, tu n'en as pas pour longtemps.

– Enfin, Pierrot, je n'ai pas le droit.

– Écoute, tu ne vas pas me dire que t'as perdu la main en six mois. Je lui remplirai la feuille de soins, et le tour est joué. En plus, ça m'évite de fermer et si on sonne, tu peux biper la porte d'entrée. Ça m'arrange. Je suis là dans vingt minutes.

Pierre-Ange a filé avant même que j'ouvre la bouche pour contester. C'est à moi de jouer. Il ne me reste plus qu'à enfiler la blouse. J'ai le trac des débutants. Tous les gestes me reviennent subitement. Mon cerveau ouvre la porte fermée depuis quelques mois pour cessation d'activités. Ce n'est pas très déontologique, mais je suis tout excitée d'opérer à nouveau, de m'en faire une petite dernière. Deux caries pour la route et après on ferme. Tout est chargé d'odeurs familières et mes sens ont plaisir à retrouver les outils, les lotions, les gants, le bruit de la fraise. C'est délicieux. Je m'autorise un petit détartrage en guise de préliminaires. J'écoute le son sec de l'émail répondre aux légers frissons de Julien.

Mes mains tremblent à peine quand j'enfonce la seringue dans la gencive : elles connaissent la route par cœur. Je vais vite, je me sens précise. Je n'ai rien oublié. Je transpire légèrement en m'approchant du souffle chaud de Julien. Je suis dans mon élément et il commence lui aussi à se détendre.

Je rince le sang qui s'écoule doucement avant de remonter son siège vers moi. C'est fini. L'anesthésie se dissipera dans quelque temps et d'ici là, j'aurai enlevé la blouse et remballé mes outils.

– Alors ? Ce n'était pas si pénible, si ?

– C'étaient mes premières caries.

– Et moi, mes dernières. Pas simple non plus.

– Merci en tout cas, c'est sympa.

– Je vous en prie. Cela me permet de me sentir un peu utile.

La moitié mobile de son visage me sourit gentiment.

– Je vous dois combien ?

– Je n'ai déjà pas le droit de vous recevoir ici, alors si en plus je vous demande de l'argent…

– Bon… alors je vous invite à déjeuner, c'est le moins que je puisse faire. Vous avez quelque chose de prévu ?

– Vous savez, le principe de la retraite, c'est qu'on a du temps.

– Vu l'état dans lequel vous m'avez mis, je ne me vois pas dévorer une entrecôte. En revanche, si ce n'est pas contre-indiqué, j'irais bien manger des huîtres. Ça vous dit ?

– Pourquoi pas. Vous verrez bien si le chaud-froid vous fait mal, mais en ce qui me concerne, j'adore ça.

– Alors, je vous emmène dans ma cantine. Enfin, vous conduisez et je vous guide.

– C'est parti !

# 11

Je ne sais pas bien pourquoi je me retrouve dans ce restaurant de bord de mer avec mon prof d'informatique. Nous commandons un grand plateau de crustacés agrémenté d'une douzaine d'huîtres. Puis nous suçotons sagement nos pinces de crabe, sans trop savoir par quel bout entamer la conversation.

– Je viens souvent ici, me dit-il en me servant un verre de muscadet. C'est en direct de la criée et les portions sont généreuses. J'adore les fruits de mer. Je suis un gars de la montagne, ça doit être pour ça.

– Vous êtes d'où ?

– Savoie.

– En effet, ce n'est pas le même décor. Pourquoi êtes-vous venu vous installer ici ?

– Il y avait un poste à l'IUT et j'avais besoin de changer d'air.

– Vous avez encore de la famille là-bas ?

– Non.

Il dresse à nouveau un mur devant moi. Je gobe mes

belons en silence en attendant que l'ange passe son chemin. C'est affreux comme le malheur des autres rend curieux. J'ai malgré moi envie de découvrir le drame qui se cache derrière son visage assombri. C'est malsain et déplacé, mais il m'intrigue. Lorsqu'il laisse filer quelques larmes, je me sens encore plus gênée. Nous ne nous connaissons pas : j'ignore s'il attend que je le questionne ou que je fasse semblant de rien.

– Ça ne va pas ?

– Non. Ce n'est pas vous. Je suis désolé. C'est… j'ai encore du mal à…

– Vous n'êtes pas obligé de vous justifier, ni de m'expliquer quoi que ce soit d'ailleurs.

– Mon père conduisait. Ils partaient skier. J'étais webmaster à l'époque. J'avais travaillé toute la nuit et je ne me suis pas levé le matin pour partir avec eux. Ma femme en avait marre de mon boulot, elle a râlé un peu, mais j'ai promis de les rejoindre à la station pour le déjeuner. Il y avait un soleil magnifique. Ma mère était assise devant : elle est morte sur le coup, comme mon père. C'était un soulagement de savoir qu'ils n'avaient pas souffert. C'est ce que les médecins m'ont dit en tout cas. Pour Chloé, nous avons eu peu d'espoir, mais suffisamment pour nous y accrocher pendant une poignée d'heures. Elle n'a pas survécu à ses blessures, comme l'a écrit le journaliste. Les éboulements aussi puissants sont rares. La voiture était juste en dessous. C'est imparable. La vie donne et reprend, c'est ce qu'a dit le curé aux enterrements. Il a fallu se tordre trois fois, recevoir les condoléances à la chaîne, regarder la terre recouvrir l'absurdité sans relâche. J'avais l'impression d'être habitué au troisième, pour celui de papa, vidé de toute émotion, à force d'essayer de chercher un sens. Je ne me souviens pas d'avoir pleuré. Nous avions commencé par les dames, galanterie oblige, et il ne nous restait plus de forces pour le dernier. Je n'ai pas de frères et sœurs. C'est dommage. Nous aurions porté le cercueil ensemble, fait du bruit, écrit des beaux discours. Tout seul, je n'ai pas eu le courage. Pourtant, je suis costaud, c'est ce que m'a dit la psychologue, après m'avoir bourré d'antidépresseurs. Elle m'a soutenue tant qu'elle a pu, jusqu'à ce que je me tire pour essayer de sourire à nouveau. Vous voyez, ce qui est bizarre, c'est qu'aujourd'hui, ça fait un an tout rond et je ne peux sourire qu'à demi, l'autre partie est anesthésiée. C'est symbolique. J'ai fait la moitié du chemin, mais je ne suis pas encore arrivé. La question est de savoir si j'y parviendrai un jour.

Il se lève, emportant avec lui son paquet de cigarettes et son chagrin. Je ne sais pas si je dois le rejoindre sous le porche ou attendre respectueusement. Je suis démunie. Il m'a balancé sa confession cul sec sans que j'esquisse un geste pour exprimer ma compassion. Quelques minutes s'écoulent avant qu'il revienne s'asseoir devant moi, le regard rouge de confusion.

– Je suis désolé. C'était idiot de ma part. Je n'aurais pas dû venir au cours ce matin, mais je ne voulais pas être seul. Les tombes sont loin. Je ne sais même pas qui les fleurit. Je suis lâche, mais je ne peux pas.

– Vous voulez aller faire un tour sur la plage ?

– Oui, je veux bien.

Il règle l'addition avec culpabilité. Nous abandonnons nos assiettes pleines, l'estomac lesté par le poids de ses souvenirs.

Dehors, le vent souffle. Nous peinons à avancer. Il regarde l'horizon et nous marchons en silence. C'est toujours là que je viens noyer mes sanglots. Le sable qui vole nous pique les yeux. Nous nous taisons l'un à côté de l'autre. Les vagues cognent contre la digue avec une détermination redoutable. C'est à se demander comment de simples pierres peuvent résister à une telle violence. Je sais à quel point la mer apaise. Ses sautes d'humeur sont les seules colères contre lesquelles nul n'ose ergoter. La pluie tombe dru cependant et se transforme bientôt en grêle, cinglant nos visages. Nous nous mettons à courir au milieu du vacarme, sursautant sous le coup des impacts réguliers. C'est la débâcle et le parking est encore loin. Il sprinte. Je le talonne dans la douleur, à bout de souffle. Le temps de regagner la voiture, nous sommes trempés, fébriles, violets. Les grêlons jouent un concerto pour cymbales sur la carrosserie. Nous n'entendons rien d'autre. Il s'esclaffe en premier. Des pleurs viennent s'y mélanger et plus personne ne sait si tout cela est triste ou gai. Nous dégoulinons de pluie, de sueur. La course nous a échauffés et la buée sur les vitres crée une atmosphère irréelle. Peu à peu, la grêle laisse à nouveau place à la pluie et nous nous taisons, embarrassés. La condensation vient recouvrir le pare-brise d'un rideau humide. La voiture devient tout à coup un espace intime, fermé, gênant.

– Merci.

Il me regarde pour la première fois dans les yeux. Je ne sais pas quoi répondre.

– Pour quoi ? Je n'ai rien fait.

– Vous êtes là.

J'ai l'impression de rougir comme une gourde. Qu'est-ce que je peux dire ?

– Tiens, votre joue, c'est fini, regardez. C'est dégonflé. Si ça vous fait mal dans une semaine, appelez Pierre-Ange, il dévitalisera, mais normalement, c'est bon.

– Merci.

– Je vous en prie.

– En fait, vous lui ressemblez un peu…

– À… votre femme ?

– Non, à ma mère.

J'aurais dû m'en douter.

– Elle était belle, vous savez.

C'est certainement une manière de m'adresser un compliment. Ressembler à sa mère ne me réjouit pas plus que ça, mais j'imagine que dans la tête d'un homme, la comparaison est élogieuse.

– Elles me manquent.

– Votre mère ?

– Les deux.

Je lui pose une main maternelle sur l'épaule. Le geste de réconfort se teinte aussitôt d'ambivalence. Je suppose que je suis la seule à le ressentir. Je la laisse posée, sans oser bouger. Un classique. On agit impulsivement et, une seconde plus tard, ce qui paraissait naturel devient étrange. Alors, tout se fige : plus personne n'ose remuer un cil. Au bout de quelques secondes interminables, sa main droite rejoint la mienne sur son épaule. Signe de reconnaissance qui me trouble profondément. Nous regardons devant nous, mais il n'y a rien à voir. Le silence rend mes battements de cœur audibles. Je crains qu'il ne les entende. J'ai honte d'être émue. Je profite de sa détresse. C'est du détournement de malheur.

Tout à coup, il se met à effleurer ma paume. À peine d'abord, puis ostensiblement. Je suis tétanisée. Il n'a même pas quarante ans. Non, moins que ça, c'est sûr. Qu'est-ce qui m'arrive ? Qu'est-ce qui lui prend ? Je sens qu'il tourne la tête vers moi, mais je n'ose pas décrocher mes yeux du pare-brise. Au secours. Que faut-il faire ? Je ne sais plus, moi. Je suis trop vieille pour ça. Et lui, qu'est-ce qui lui passe par la tête ? Est-il en manque d'affection à ce point-là ? Je me sens vieille. Ses doigts remontent le long de mon poignet, dressant mes poils imperceptiblement. Je frissonne, inquiète, abandonnée au plaisir de cette caresse enfantine. Elle est encore chaste, mais son index continue son ascension, le long de l'avant-bras, en s'attardant à la jonction du coude, avant de poursuivre tranquillement vers l'épaule. J'aime mon épaule : elle tient la distance, légèrement ronde, toujours droite. Cette partie du corps ne semble pas soumise à l'érosion. Les biceps s'affaissent, se délitent, mais les épaules demeurent fières, gorgées d'espérance. Il se promène doucement, hésitant. L'excitation augmente à mesure qu'il s'approche de mes seins. Nous savons l'un et l'autre qu'ils sont juste en dessous et nous fixons plus que jamais le pare-brise devant nous. Dans quelques secondes, nous aurons basculé dans l'adultère. Nous nous tenons sagement au bord du précipice, le ventre brûlant face au grand saut qui nous attend. Son majeur descend en premier, parcourant en rappel le haut de ma poitrine. Pourquoi n'ai-je pas mis mon soutien-gorge pourpre ce matin ? Son balconnet rehausse le galbe de mes seins. Je le portais hier. Pour qui ? Pour rien. Aujourd'hui, ma lingerie noire révèle un corps endeuillé, comme si elle veillait ma jeunesse envolée. La fine dentelle entoure des formes vaporeuses, aux contours flous, perdus dans l'ombre du passé. Ma gorge était pourtant ma fierté. Petite, mais ferme et vindicative. À chaque inspiration, elle se gonflait d'orgueil, pleine de rondeur et d'audace. Désormais, ma poitrine se maintient. Ce n'est plus une figure de proue, mais un pont supérieur un peu tapé qui flotte paisiblement au-dessus des profondeurs. Je dois me contenter des restes. Sort enviable néanmoins pour toutes celles qui n'en ont plus du tout. Lorsqu'on a enlevé le sein droit à Anne, elle a pleuré dans mes bras comme si j'étais sa mère, la tête enfouie contre mon buste, en quête d'un refuge qu'elle ne pourrait plus offrir à personne. Pour le gauche, son humour cinglant avait déjà repris le dessus et elle m'a dit trois heures à peine après le réveil : « Fallait bien égaliser. Saloperies de coiffeurs, quand ils sont partis, on ne les arrête plus. » Si Anne me voyait aujourd'hui, morte de trouille, le premier bouton de la chemise dégrafé, paralysée à l'idée de dévoiler ma poitrine à la retraite, elle en resterait sans voix. Ça va lui faire un choc au jeune homme. À moins qu'il ne soit gérontophile et habitué de la chose.

Il pianote à présent le long de ma clavicule, dessinant des taches rouges sur ma peau timide. C'est une première fois. Je ne connais pas les codes. Je ne bouge pas. Je le laisse faire, paniquée, exaltée par la suite. Un deuxième bouton, puis un troisième. Il prend son temps, ne s'excusant pas lorsqu'il peine à ouvrir ma chemise. Il maîtrise la situation et je n'entends que mon souffle court et saccadé. Je sens qu'il tourne légèrement les yeux vers la rondeur angevine. Je ne change pas de cap. Je préfère qu'il découvre la vue à mon insu. Dernier recours pour m'en dédouaner. Il effleure le haut des courbes et se fraye un chemin sous la dentelle. Mes tétons se dressent instantanément, réveillés soudain comme par un vieux réflexe militaire. On sonne l'appel et ils se mobilisent pour faire honneur à leur corps. Une grande bouffée de chaleur me traverse, envahissant le creux de mes cuisses d'une excitation lointaine, diffuse, oubliée. Il demeure sur le seuil pourtant, ne touchant pas les mamelons et préférant tourner autour, pour leur faire la cour. De sa main gauche, il commence à enlever ma chemise. Il me fait pivoter vers lui et mes yeux se ferment dans un dernier sursaut de pudeur. Je ne peux pas voir ça. Pas encore. Ma chemise vient de tomber sur la banquette arrière dans un froissement langoureux. Je vérifie d'un coup d'œil fugace que la buée sur la vitre arrière dissimule suffisamment nos ébats. Nous entendons la pluie et la mer frapper partout autour. Une fanfare érotique couve notre intimité. Il n'y a personne mais l'idée que quelqu'un puisse arriver, que les éléments s'apaisent ou que la condensation s'évapore renforce la tension sexuelle de l'instant. Il me regarde. Je sens ses yeux couler le long de mon corps, tandis qu'il commence à retirer mon soutien-gorge. Des souvenirs anciens m'assaillent tout à coup. Philippe ne parvenant jamais à ôter les fixations du soutif et moi, seins nus finalement, la tête renversée, me moquant de sa maladresse de débutant. C'était dans une autre vie, celle où nos préliminaires pressés et heureux ne se teintaient d'aucune mélancolie. Il y a bien longtemps que nous nous déshabillons chacun de notre côté.

Julien ne s'en sort pas mal, malgré ses légers tremblements. Le bout de voile noir glisse le long de mon ventre. Mes seins sont à découvert, sous le feu des tirs ennemis. Plus de couverture, plus de camouflage. Julien approche ses lèvres, puis les embrasse doucement. Pour la première fois, j'esquisse un mouvement pour lui caresser les cheveux, tandis que ses baisers prennent de l'assurance. Dieu que c'est bon. Lorsqu'il relève la tête, nous osons nous regarder et nos bouches se touchent pour la première fois. Sa langue est intrusive, volontaire, sensuelle. Le visage de Philippe disparaît peu à peu et le plaisir emporte les derniers regrets. Je ne peux plus reculer. Nous allons vite à présent. Je veux profiter de lui, de cette jeunesse hallucinante qu'il m'offre. J'enlève son pull et sa chemise en même temps, d'un geste autoritaire, violent. Il faut accélérer avant que le moment ne s'enfuie. J'ai peur que cela ne dure pas, peur que cela n'arrive pas. Je touche ses abdominaux avec avidité. Les muscles sont dessinés, crénelés en petits carrés adorables. C'est tellement beau, si ferme. Maintenant, plus de douceur. J'ai envie qu'il me possède sans attendre. Je caresse ses fesses, dures, tendues. Puis je m'assois sur lui, sans lui laisser le choix. Il sourit, surpris de ma hardiesse, mais j'ai moins de temps que lui. Je n'ai pas sa patience. Je prends les choses en main et il s'abandonne à son tour. J'oublie tout, Philippe, cet homme que je ne connais pas, l'heure qu'il est, mon âge, l'incongruité de ces minutes. Mon cerveau se détache pour me laisser tout entière absorbée par le délice immense des allées et venues, des peaux qui se dévorent. La chaleur est partout, dedans et dehors. Je ne sais plus si mes yeux sont ouverts ou fermés. Je me fous de ce qu'il pense. Je n'ai pas le temps. Je lui vole cet instant. C'est mon plaisir. J'y ai droit. Je crie, je souffle, j'étouffe, abusant de chaque seconde, pour moi, rien que pour moi. Je l'entends murmurer au loin des mots qui me sont destinés. Mais rien ne m'atteint vraiment. J'embrasse, j'agrippe, je serre sans répit. C'est bon, aigu, tellement vif. J'accélère, je ne me contrôle plus, je pars. Pas de retenue, pas de gêne, pas de morale ni de culpabilité. Je ne suis plus qu'un corps en extase qui savoure son moment, qui gémit sans se soucier d'être entendu. Je me cabre, me renverse. Il n'y a plus rien autour, ou seulement ce halo décuplant la lumière. Ultime pied de nez à la mort, à cette vieillesse qui me consume. J'existe, je suis folle, je jouis.

Lorsque mon pouls revient à la normale, la torpeur prend fin brutalement et la grande question : « Qu'est-ce que j'ai fait ? » martèle mes tempes assoupies. Je suis encore sur lui, dans cette position tout à coup ridicule, les joues collées à l'appuie-tête de mon 4×4. Merde, quelle conne. Quel pied mais quelle conne. Il n'ose rien dire non plus, enseveli sous les décombres de mon corps adultère. Il reprend ses caresses sur mes bras comme pour briser le silence. Cela m'agace terriblement à présent. J'ai l'impression qu'il me viole avec cette fausse tendresse qui ne nous appartient pas. Nous ne nous connaissons pas. Nous avons baisé comme deux adolescents. Il est inutile de nous justifier ou de cacher notre honte derrière des sentiments fabriqués. Il n'y a rien à dire. Je me retire et me rajuste le mieux possible sur le siège conducteur. J'esquisse un vague sourire. Nous ne sommes pas non plus des animaux. Mais pas question de refaire le match ni de me confondre en explications scabreuses. Il faut vite redémarrer le moteur, activer les essuie-glaces et effacer tout cela de nos mémoires.

Il se rhabille, en cherchant le mot juste parmi ses vêtements. Il en trouve un à côté de sa chemise et me l'envoie : « Merci, c'était… très… » Je pose mon index sur sa bouche de jeune prédateur afin de lui éviter ça. Il m'a déjà offert un cadeau, je n'ai pas besoin d'en connaître le prix. Qu'il s'épargne ses compliments rassurants. Il m'a prise comme j'étais et je n'en demande pas plus. Qu'il ravale sa honte de s'être transporté chez une sexagénaire et ne la transforme pas en mensonges pour se rasséréner. Si je le laisse faire, dans deux secondes je vais encore avoir droit à… « super bien conservée » et il aura tout gâché. J'ouvre ma fenêtre pour laisser le vent nous gifler. Brutaliser un peu nos joues rouges de pécheurs innocents, avant d'allumer Nostalgie pour détendre un peu cette atmosphère d'après la faute. Christophe chante *Les Mots bleus* de sa maudite voix rêveuse. J'ai envie de rire et me retourne pour partager innocemment un couplet ou deux avec Julien : qui s'effondre en larmes. Je n'en attendais pas tant. Au moins, cela m'évite toute illusion sur le bilan de notre incartade. Me voilà avec un trentenaire éploré sur les bras ! Ça fait cher l'orgasme. Il chiale tout ce qu'il peut, sans parvenir à articuler un mot. Retour à la case départ. En pire. Au moins avant, il se tenait. Maintenant, il n'a plus de verrou. Ce n'est plus une confidence, c'est un tsunami. Il suffoque littéralement et mouille ma chemise sans vergogne. Ma poitrine reprend soudain sa fonction maternelle. Il est loin le désir ! J'aimais mieux avant. Je n'ai qu'à m'estimer heureuse de m'être fait conduire au ciel par un minet. La moindre des choses est d'en accepter la contrepartie. Il est évident qu'il ne m'a pas sauté dessus pour mes beaux yeux. J'étais la bouée qui passait par là. Les pulsions suicidaires sont nécessairement chargées de libido. J'ai abusé de lui comme d'une femme saoule. Désormais, il faut assumer, me conduire en mec bien, en gentleman. Je glisse un « Ça va mieux ? » discret entre deux spasmes légèrement espacés.

– C'était tellement bon. Ça fait si longtemps…

Tandis qu'il est à nouveau submergé par les flots, je me gargarise des mots qu'il vient de me jeter sous le menton.

– Je voulais attendre. Respecter son deuil. Mais de

toute façon je n'y arrivais pas. Même tout seul chez moi, impossible. Je ne bandais plus, je ne pleurais plus, je ne savais plus rien foutre sans elle. Et là, tout à l'heure, c'était… enfin ça m'a… en même temps, j'ai l'impression de fêter un anniversaire. Je suis horrible. J'ai honte.

– Il ne faut pas. Tout ce que les morts peuvent vous reprocher, c'est de ne pas profiter de la vie qu'on leur a enlevée.

– Je sais tout ça, mais… pardon. Je suis désolé. Vous êtes super, enfin je veux dire, ce n'est pas vous. Au contraire.

– Je comprends, ce n'est pas grave.

– Non mais vraiment. Vous êtes belle. J'ai beaucoup aimé.

Le compliment se répand dans chacune de mes veines. Cet homme est givré, mais ce n'est pas grave. Je prends. Je suis belle, il a beaucoup aimé. Voilà. Je lui réponds avec un rictus de petite écolière :

– Merci beaucoup. C'est très flatteur. Pour moi aussi. Vous savez…

– On se dit « tu » ?

– Au point où nous en sommes…

– Je peux fumer maintenant ?

– Ne me dis pas que tu as fait tout ça pour avoir le droit de t'en griller une ?

Il a un joli rire, large et charmeur. J'aime bien. Ce n'est pas seulement une cigarette qu'il sort de son manteau, mais toute l'artillerie. C'est le bouquet. Moi qui ai toujours défendu à mes filles d'y toucher. Voilà que mon jeune amant se roule tranquillement un joint à mes côtés. Il opère avec la même dextérité que pour me déshabiller. Impressionnant. Je n'ai pas le temps de dire ouf que l'odeur du haschich se répand déjà dans tout l'habitacle. Qu'est-ce que je vais raconter à Philippe, moi ? Qu'on a organisé un atelier hippie à Nouvel Âge, avec Hugues et sa petite guitare folk ? Il me propose une taffe et je le dévisage, ahurie.

– Je ne sais pas trop si…

– Vas-y, ça détend, c'est tout.

Je suis plutôt détendue dans l'ensemble aujourd'hui. Je ne suis pas certaine qu'il faille en rajouter. Je tire maladroitement sur son pétard en manquant de m'étouffer. Je n'ai pas fumé depuis quoi ? Trente-cinq ans ? J'ai arrêté pour ma première grossesse sans jamais reprendre. En plus, c'était du tabac, pas de l'herbe. Cependant, mes poumons ont l'air d'apprécier la sensation enfouie qu'ils dénichent au plus profond des alvéoles. Mon palais, lui, se laisse envahir par le goût de la nicotine, relevé de saveurs musquées. J'inspire, j'expire, en examinant la fumée qui sort doucement de mes narines, de mes lèvres entrouvertes. C'est rigolo. Je recommence. Encore, et encore, avant de lui repasser l'objet. Nous fumons sans rien dire sur les fauteuils inclinés. Soudain, il m'embrasse dans le cou. Un élan spontané, gratuit. Il est mignon, touchant. Je lui retourne un baiser à la commissure des lèvres. Les volutes de fumée stagnent dans l'habitacle. Mon cerveau se dilue en pensées vagabondes. Cette fumette improvisée me rend hilare. Décidément, hier j'étais saoule, aujourd'hui je suis stone : beau bilan ! C'est drôle, cette décadence inattendue. Je romps le charme en me gondolant, emportant Julien avec moi dans une ivresse communicative. Combien de minutes restons-nous là, à nous tordre en tapant des poings sur le tableau de bord ? Inouï ce qu'elles soulagent, ces petites contractions de l'abdomen.

La sonnerie de mon téléphone nous ramène à la raison. Je tâche de reprendre mon souffle en décrochant. Philippe. Sa voix brise l'ambiance en un fragment de seconde :

– Ça va ?

Il me pose cette question uniquement pour m'indiquer qu'il m'en veut encore. S'il savait…

– Bien. Et toi ?

J'adopte le même ton sec et désagréable. Il n'y a pas de raison.

– Sophie a un plan pour du saint-estèphe en direct du producteur. Ça ne m'a pas l'air mal. J'en commande une caisse ?

– Oui, si tu veux. Vas-y.

– Bon. Je prends du poisson en passant pour ce soir ? Tu n'as rien prévu d'autre ?

– Non, non, bonne idée.

– Bien. Alors à tout à l'heure.

– C'est ça.

Qu'est-ce qu'il vient me parler de pinard et de filets de merlan alors que je suis tranquillement en train de fumer en compagnie d'un éphèbe débraillé dans ma voiture ?

La radio diffuse *Pour un flirt avec toi* et Julien ponctue le refrain d'une œillade ironique. Je lui demande :

– On y va ? Je te dépose chez toi ?

– Oui, merci. J'irai récupérer mon vélo plus tard. C'est à cinq minutes d'ici.

Nous roulons vers sa maison, mi-figue, mi-raisin, en chantonnant des conneries. Ridicules mais joyeux malgré tout. Lorsqu'il s'apprête à descendre devant un immeuble résidentiel et qu'il m'invite à boire un verre, j'ai le sentiment de raccompagner un copain de ma fille.

– Non merci, t'es adorable. J'ai passé une bonne journée.

– On se revoit à l'école ?

– C'est drôle que tu appelles ça comme ça. Oui, monsieur le professeur. On se recroisera forcément devant un ordinateur ou un café.

– Alors, à très bientôt.

– À la prochaine.

Il s'éloigne en m'adressant un minuscule signe de la main. Un garçon charmant. En redémarrant, j'ai envie de brailler. Je suis complètement dingue, mais je me sens rajeunie de vingt ans, si ce n'est plus. Une imbécile heureuse. Qui chante à perdre haleine dans sa voiture enfumée. Je conduis sans but, sans direction. Je dispose de deux longues heures avant le dîner. Deux belles heures pour fantasmer et m'alanguir. Libre, je suis libre.

# 12

Rebecca et Lise ont le chic pour débarquer à l'improviste. Elles passent leurs journées suspendues à leur portable, pour confirmer vingt-deux fois des rendez-vous sans importance. En revanche, elles n'éprouvent jamais le besoin de me prévenir de leurs visites. Chez moi, c'est chez elles. Depuis toujours. Il n'y a aucune raison que cela change. Elles sonnent à la porte, sans attendre de réponse, avant d'entrer en hurlant : « C'est nous ! » Mes filles.

Comment s'en plaindre ? Il y a tellement de parents qui ne voient jamais leurs enfants. Elles sont conscientes du bonheur qu'elles nous apportent. Pour elles, nous sommes ravis de les voir, c'est sympa de leur part et il ne peut pas en être autrement. Seulement, lorsqu'elles débarquent avec leurs deux mômes maculés de barbe à papa pour leur donner un bain, alors que précisément j'aimerais avoir l'usufruit de ma baignoire, je me sens niée, chassée de ma propre maison.

Elles sont ébahies d'interrompre mes ablutions à l'heure du goûter. Ce qui me rend instantanément mal à l'aise. J'ai de l'amour plein les joues, je suis drapée de bulles d'insouciance et mes responsabilités me rattrapent en bloc. Mes deux grandes ouvrent des yeux ronds sur ma nudité, tandis que leurs marmots m'éclaboussent en se chamaillant. Retour à la vieille maman, exit l'amante d'un après-midi pluvieux. À chaque clapotis sur l'eau, je crains que les vapeurs de mes ébats ne se répandent dans la pièce. Un malaise surfe paisiblement au-dessus de la mousse. Rebecca le brise d'un ton légèrement sarcastique :

– Ça va pour toi. Tu te la coules douce.

– J'avais mal au dos, alors…

– Mais ne te justifie pas. C'est bien que tu t'occupes de toi. Tu veux que je te fasse un masque d'argile pendant que les enfants se lavent ?

Je n'ai pas du tout envie que mes petits-enfants aillent se mouiller dans mon histoire d'adultère. Je tiens à ce que ce souvenir parte avec l'eau du bain. J'ai l'intention de remettre le bouchon dessus et qu'on n'en parle plus. Il n'est pas question de voir Sidonie et Arthur barboter dans mon intimité !

– Dites-moi, mes amours, vous ne voudriez pas déguerpir deux secondes, que je me sèche tranquillement. Ensuite, on se prend un chocolat chaud et on donnera le bain plus tard.

– Maman, t'es pas écolo. On ne va pas couler des litres de flotte pour le plaisir. En plus, t'as vu. Ils s'en sont mis partout. Regarde-moi ces grosses barbes de Père Noël.

– Non, c'est des barbes de capitaine Clocher ! s'exclame Sidonie.

– Pff, c'est crochet, rétorque Arthur avec dédain.

– Non, la maîtresse, elle a dit Clocher ! Hein, maman, c'est vrai ?

Pour couper court à la polémique et éviter un duel au sommet entre Peter Pan et Clochette, Lise et Rebecca ôtent les vêtements des petits monstres en chatouillant leurs bidons tout dodus. Ève et Adam en miniature. À dévorer tout crus. Tout se mélange dans ma tête. La volupté laisse place au dégoût. Qu'est-ce que je fous à poil devant ma rangée de bambins ? Qu'est-ce qui m'a pris de baiser dans le 4×4 sur le parking d'un restaurant de fruits de mer ? La pièce se met à tourner. Les cloisons, les enfants, le carrelage. J'ai juste le temps de voir la vasque s'approcher et puis plus rien. Black-out. Mamie est K-O. Ça devait arriver.

J'entends au loin des trompettes au sifflement comminatoire. Mon cerveau fait un bruit de Harley Davidson. Le moteur patine, vrombit à l'intérieur, mais rien ne démarre. Je suis au point mort. Affalée au milieu de nulle part.

Je me réveille parmi les mines effrayées de ma descendance.

Les « Maman », « Caroline », « Ça va ? », « Elle a la grippe mamie ? », « Tais-toi, Arthur, ce n'est pas le moment » se mélangent dans un vacarme indescriptible. Puis, tout doucement, le centre de gravité se remet en place, l'équilibre revient, le tympan se calme.

– Je me suis vue partir. C'est une petite chute de tension. Ne vous inquiétez pas.

– Tu veux qu'on appelle un médecin ?

Ma Becca est toute pâlotte. Je n'aime pas lui causer du souci. Elle est tellement douce avec son sourire accroché à l'enfance. Lise se cache derrière sa frange, sa belle armure, mais elle n'en mène pas large non plus. En un sens, je leur appartiens. Je n'ai pas le droit de les décevoir, de les rendre tristes ni de les inquiéter.

– Tout va bien, mes amours. Hier soir, j'ai un peu bu figurez-vous, et ce matin, je me suis levée tôt pour aller au cours d'informatique, auquel mes deux filles m'ont gentiment inscrite. Ventre vide, coup de fatigue, et hop : un petit tour dans les vapes. Rien de plus. Je me sens mieux. Je mangerais bien un morceau d'ailleurs.

– À mon avis, ton bain était trop chaud. C'était l'étuve quand on est entrés. C'est mauvais, tu sais. Fais gaffe quand même. Si t'avais été toute seule. Imagine.

Je n'aime pas quand Rebecca revêt son costume d'infirmière.

– Ben, j'aurais eu une belle bosse sur le front. C'est tout. Je peux encore rester seule à mon âge. Mick Jagger fait bien des concerts.

– C'est pas ce qu'on dit, maman, te vexe pas. On veut simplement que tu prennes soin de toi.

Lise a l'art de dispenser ses conseils comme des ordres.

– Écoutez, je vous adore, mais c'est encore ma vie et mon corps. Vous verrez, à soixante ans, on n'a pas du tout envie d'être traitée comme un colis fragile. D'ailleurs, vous aussi vous partez dans les pommes parfois, il me semble.

– On ne dit pas le contraire, maman, poursuit Lise d'un ton incisif. Ne monte pas sur tes grands chevaux. Personne n'a dit que tu étais vieille. T'es susceptible en ce moment.

– C'est bizarre. Je ne sais pas comment ça se fait.

– Bon, on ne va pas s'engueuler. C'est ridicule. On a juste eu peur. Pardon de nous inquiéter pour toi.

Nous suivons Rebecca dans la cuisine et faisons bouillir le lait en attendant que le climat se tempère. Arthur en profite pour tirer le bouchon de la baignoire, l'un de ses jeux favoris, et bientôt nous entendons l'objet de ma honte s'écouler dans les canalisations. Lise est furieuse contre son fils :

– Arthur, tu es pénible ! On ne joue pas avec l'eau. Où est-ce que j'ai été chercher un gosse pareil ?

– Au Tadjikistan, réplique-t-il.

– Qu'est-ce que tu racontes ?

Arthur est un glaneur. Chaque semaine, il rapporte de l'école des expressions nouvelles, dont il nous gratifie fièrement. Il essore les mots quelques heures, sans se soucier de leur signification, puis les abandonne pour un nouvel arrivage. Lise se retourne vers nous, attendrie et déconcertée par l'étrange aplomb de son garçon.

– Il n'est pas écolo, mais il est poète, c'est déjà ça, lui souffle Becca à l'oreille.

La scène nous remet sur les rails familiers. Nous voilà toutes réconciliées. Le chocolat remplit bientôt les bols, colorant les joues et les babines de ma ribambelle de sourires. Je suis enroulée dans mon peignoir et grâce à Arthur, désormais lavée de tout soupçon. Tout rentre dans l'ordre. Sidonie grimpe sur mes genoux et joue avec la pince de mon chignon en me déposant de minuscules bisous dans le cou. Lili me raconte à toute vitesse sa semaine débordante d'activités. Arthur, tapi derrière un coin de rideau, part à l'assaut d'une forteresse imaginaire. Rebecca revient avec de l'argile pour m'en badigeonner la figure. Un joli tableau de famille que la petite Sidonie parfait en criant :

– Oh, regardez. Mamie, on dirait la momie du livre de la bibliothèque !

La petite, trop heureuse de nous régaler d'un mot dont elle pressent qu'il est une marque d'érudition pour son âge, fronce les sourcils en entendant nos rires moqueurs. Il vaut mieux en rire. Momie Caroline, que peux-tu faire d'autre ?

# 13

Le week-end de la Toussaint a offert une pause à notre couple. La mauvaise humeur de Philippe s'est rapidement muée en gentille indifférence avant un retour à la normale. Les filles sont venues. Nous avons dégusté le gigot, sorti de bonnes bouteilles pour colorer la grisaille de saison. La cheminée a tourné à plein régime et nous avons parié des crus classés en jouant à la belote. Les enfants m'ont aidée à préparer la pâte à crêpes en barbouillant la cuisine de farine et de jaune d'œuf. Nous étions bien, comme d'habitude. Rien de plus, rien de moins.

Lorsque Sylviane m'a téléphoné tout à l'heure, j'ai eu instantanément mal au ventre. Sa voix ressemblait au coup de sonnette du policier qui vient vous extirper de votre bonheur. Impossible de leur échapper, d'oublier, de faire comme si cela n'avait pas eu lieu. Sylviane existe, Nouvel Âge également, et donc Julien aussi. Vendredi soir, samedi soir, j'ai peiné à trouver le sommeil, troublée par le mensonge entre la peau de Philippe et la mienne. Mais les journées sont passées sans problème. L'harmonie familiale me protégeait. La voix de haute-contre de Sylviane a fait interférence :

– Dis-moi, Caroline, t'es soprano, non ?

– Euh, oui, je pense.

– Bon, et t'as déjà fait de la musique, t'as des notions de solfège ?

– J'ai pris des cours de violon quand j'étais jeune, mais je n'y ai pas retouché depuis quarante ans.

– Oui, mais tu sais lire une clé de *sol* et t'as de l'oreille, ça se perd pas ça.

– Ben, ça va oui. Dans quoi tu veux m'embarquer au juste ?

– Écoute, on donne un petit concert avec la chorale pour la fête des Morts ce soir et figure-toi que Greta est aphone. Il nous faut une remplaçante et j'ai pensé à toi.

– Mais enfin, je ne vais pas chanter sans avoir répété !

– Si. Un petit *Te Deum* de rien du tout et un gospel très facile ensuite. On n'en a pas pour long à te les apprendre.

– C'est à quelle heure ?

– Vingt heures. Faudrait que tu viennes tout de suite pour qu'on se cale.

– T'es marrante, toi. Il y aura du monde ?

– Oui, c'est un concert pour le Secours catholique, à Notre-Dame du Vœu.

– Pfff… écoute, je suis désolée, mais…

– S'il te plaît. Ça te mettra le pied à l'étrier et, pour être franche, j'ai déjà appelé pas mal de monde et personne n'est libre. Alors… c'est oui ?

– Bon, écoute, je viens, mais si on voit que c'est la catastrophe, j'ai le droit de me défiler.

– Je suis certaine que tu vas t'en sortir. Au théâtre, l'autre jour, tu plaçais bien ta voix.

– Je serai là dans une demi-heure, pas avant.

– C'est parfait. Ah Caroline, attends…

– Quoi ?

– Habille-toi en tailleur-pantalon noir, avec une chemise blanche, si tu as.

– Tu plaisantes ?

– Ben non, on essaie de faire un peu chorale.

– Bon, je vais voir ce que j'ai de propre. Tu me prends vraiment au dépourvu.

Quand Philippe m'a regardée partir dans mon costume de Petit Chanteur à la croix de bois, il s'est bien foutu de moi. Je ne m'attendais pas à ce qu'il vienne se geler les fesses sur un banc de la paroisse pour m'applaudir, mais j'aurais bien aimé qu'il me soutienne un peu. La peur du ridicule me cisaille l'abdomen. Depuis une semaine, j'ai l'impression que ma vie ne se ressemble plus. C'est truffé d'imprévus et j'avance sur un terrain miné. Qu'est-ce que je vais jouer la choriste de service dans une église où je ne mets jamais les pieds ? Je n'ai jamais pris un cours de chant et je n'ai même pas fait ma communion. Quel diable me pousse à me lancer dans tout et n'importe quoi en ce moment ? Mon Dieu, c'est le cas de le dire, aidez-moi à trouver la lumière et à sortir de ce marasme.

Je gare ma petite voiture – je n'ose plus prendre le 4×4 – devant l'église. C'est la messe et la répétition a lieu dans la sacristie. Je frappe timidement à la porte attenante en craignant de déranger un prêtre. Au lieu de cela, c'est Hugues qui m'ouvre amicalement.

– Par ici l'entrée des artistes.

En me poussant à l'intérieur, il me laisse découvrir l'agitation qui règne dans le capharnaüm christique. On vocalise, on ajuste des nœuds de cravate et on accroche des partitions avec du scotch au beau milieu des cierges, des livres de messe et de l'encens. Ça chahute, ça révise et ça piaille à qui mieux mieux. Je retrouve avec amusement l'effervescence de mes camarades. Le trac est partout, dans les poignées de main moites, les bises nerveuses et les accolades que je reçois. Je ne sais pas combien ils sont dans l'arrière-chambre du curé, mais ils ressemblent davantage à une basse-cour qu'à une chorale. Mon Roger est là, bien mis dans un costume qu'il n'arrive manifestement plus à boutonner depuis belle lurette. Il a plaqué ses quelques cheveux en arrière et noué une cravate noire sur sa chemise bien repassée. Sa bouille d'enfant de chœur me rassure. Il m'a presque manqué ce week-end.

– Mes enfants sont là, me glisse-t-il, surexcité.

Un vrai môme. Sylviane ne nous laisse pas le temps de nous étendre sur le sujet. J'ai apparemment du pain sur la planche. Tendue comme un arc, elle m'alpague en me tendant un flot de partitions.

– Sylviane, je croyais qu'il n'y avait qu'un *Te Deum* et un gospel ?

– Oui, mais si tu veux chanter le reste avec nous, tu peux.

– Écoute, voyons déjà les deux morceaux.

– Bon, alors ça fait comme ça : *si mi ré do si mi ré do si…*

Sylviane me postillonne une salve de croches hystériques au visage. Elle va faire sauter les plombs, ce n'est pas possible d'être aussi excitée.

– Vas-y, fais voir ta tessiture.

– Euh… *Si mi ré do si mi ré do si…*

– Pas mal du tout. Ça va rouler. Bon. Impeccable. Je te laisse répéter tout ça avec Hugues. Moi, je révise ma tierce avec Roger.

Sylviane exécute un triple lutz avant de piquer au milieu du groupe pour se frayer un chemin vers Roger. Hugues commence à me jouer les accords sur sa guitare, tandis que je fredonne timidement les notes en guettant l'approbation dans ses yeux. Il hoche sa tête de gentil rocker fatigué et nous parvenons assez vite à faire le tour du répertoire. Je me détends. Il y a longtemps que je n'ai pas chanté en m'appliquant. Dans la voiture, je gueule comme une forcenée pour évacuer je ne sais quelle frustration. Sous la douche, je baragouine du javanais et si, par extraordinaire, je chante en fin de soirée, c'est que je suis saoule. Là, c'est différent, je suis hyperconcentrée. Mon palais se tient sur la pointe des pieds, mes narines s'écartent pour laisser le son passer et mes yeux sortent de leurs gonds. Tout en moi s'hypertrophie et s'allège en même temps. Sensation divine. Je ne sais pas si c'est beau, mais c'est gonflé, positif et puissant. J'exagère les gestes, imitant les dames un peu plus loin qui s'égosillent en ouvrant exagérément la bouche. C'est certainement grotesque mais cela me dégrippe. Je redécouvre des muscles dans les joues, les tempes, la nuque. C'est physique et drôle à la fois. Au moment où Hugues m'entraîne dans une montée de gamme et que j'ai le réflexe imbécile de lever la tête pour attraper la note aiguë, je tombe de haut. Qu'est-ce qu'il fout là ? Peut-on me dire ce que Julien fiche dans cette maudite sacristie ? Il est là pourtant. Nul doute. Il vient de franchir le seuil de la porte et tourne la tête vers moi, affolé, pris dans mes phares. Manifestement, il ne s'attendait pas non plus à me trouver ici. Avant qu'il ne rougisse davantage et ne nous grille devant toute la bande, je prends les mesures qui s'imposent :

– Euh, Hugues, pouce deux minutes ?

– Pas de problème. Tu l'as de toute façon. Maintenant, faut répéter en groupe. Tu vas suivre. Il faut juste faire attention au point d'orgue sur le premier, c'est compris ?

– Oui, oui, merci.

Il reste dos au mur, empruntant un air faussement décontracté qui ne lui sied pas du tout. De quoi a-t-il peur ? Le Seigneur est le seul dans cette pièce à savoir que nous avons fricoté dans ma voiture et je crois qu'Il en a vu d'autres. Quant aux autres, ils sont bien trop occupés à se chauffer les cordes vocales pour remarquer notre trouble. Enfin, nous sommes tellement insoupçonnables compte tenu de notre écart d'âge que même s'il m'embrassait goulûment, les gens s'écrieraient : « C'est son fils ? Eh bien, ils ont de drôles de coutumes dans la famille. »

Bref, autant briser la glace en grandes personnes. Il me dépose une bise toute mignonne sur la joue. Je lui retourne un baiser plus franc du collier, plus affectueux aussi. Après tout, Julien restera un bon souvenir pour moi, orné de culpabilité, certes, mais néanmoins délicieux.

– Tu vas bien ? me demande-t-il, les cils baissés.

– Très bien, telle que tu me vois, je me suis laissé réquisitionner par Sylviane pour remplacer Greta au pied levé. Et toi ? J'ignorais que tu participais à la chorale.

– Oh, ça date d'il y a déjà trois mois. Hugues avait besoin d'un ténor et puis, il paraît que c'est thérapeutique, alors je me suis lancé. J'aime plutôt ça.

– On dirait qu'il y a beaucoup de gens de Nouvel Âge en tout cas.

– Plus du tiers. Hugues et Sylviane ont fait du prosélytisme à fond les ballons.

– Sinon, c'est plutôt mixte ou t'es le jeunot de la bande ?

– Non, il doit y en avoir deux trois qui ont la petite quarantaine dans le lot.

– Et toi, t'as tant que ça ?

– Non, je suis un peu plus près de trente.

– De combien ?

– Je vais sur mes trente-cinq ans.

Mon Dieu, j'en étais sûre, j'ai vingt-cinq ans de plus que lui ! Il a l'âge de Lise. J'ai peut-être percuté le landau de sa mère ou partagé une causerie avec elle au bord d'un bac à sable. Si ça se trouve, il a emballé une de mes filles à une surboum en colo. Techniquement, tout cela est plausible, car je suis désespérément vieille.

– Tu as l'âge de ma fille aînée.

– C'est pas grave. Moi, je me dis que tu es peut-être de la même année que ma mère.

– Je ne suis pas certaine que ça me réconforte tellement, mais c'est vraisemblable. J'ai soixante ans.

– Ah.

– Quoi, ah ?

– Ma mère était plus jeune, enfin elle aurait cinquante-sept ans si…

– …

Je ne sais pas quoi dire. Je suis même née avant sa mère ! Il vaut mieux se taire. Il n'y a plus qu'à aller chanter un requiem.

Un petit monsieur ulcéré nous sort miraculeusement de cette conversation. Il a perdu ses partitions et tire sur sa veste avec un agacement très proche du TOC. Alors que je tente de l'aider à remettre la main sur son cahier-plastifié-bleu-à-spirale-blanche-tout-neuf en l'écoutant gentiment brailler : « C'est insensé. Il était là. Donc quelqu'un l'a bougé, il n'y a pas d'autre explication, je n'ai pas alzheimer, il était précisément ici », Julien en profite pour s'éclipser. J'aurais fait pareil si j'avais appris que j'avais couché avec un type plus vieux que mon père !

Bientôt, les gens sortent de la messe et le curé nous fait signe d'aller dans la nef. L'acoustique est superbe et nous entamons la répétition de groupe avec beaucoup de sérieux. Plus personne ne gesticule ni ne crie parmi nous. La concentration est belle à entendre. Les notes ne sont pas complètement justes, mais l'ensemble donne des frissons. Ces voix à l'unisson qui résonnent et s'entremêlent sous les voûtes, c'est assez mystique. On entend le papier se froisser sur les pupitres, des chuchotements pour les départs : « Allez, un, deux », et des faussetés mal dissimulées ici ou là. Cependant, tout cela est charmant, émouvant. Nous n'avons pas le temps de tout répéter, car les premiers spectateurs sont déjà sur le point d'arriver.

La représentation va bientôt commencer. Les ventres se nouent tandis que chacun retourne dans la sacristie pour les derniers préparatifs. Je n'ai plus tellement le trac. Paradoxalement, je me sens légère ce soir, au milieu de cette église célébrant les morts. Rien n'est grave. Ma petite vie passe. Des notes de musique tantôt dissonantes, tantôt pures, tantôt gaies, tantôt tristes.

Lorsque nous entrons sur scène à nouveau, l'église est presque pleine. L'impressionnante assemblée endimanchée nous applaudit et les vitraux en tremblent autant que nous. Je perds de mon assurance en m'installant parmi mes amies sopranos. Sylviane, qui doit assurer un solo, est aussi blême que la pierre des colonnes. Lorsque Hugues donne le départ, les filets de voix peinent à se rejoindre et les quelques secondes de réglage paraissent interminables. Il faut probablement quatre portées à nos larynx pour se dégourdir et se débarrasser de l'angoisse qui les taraude. Le premier morceau est sacrifié sur l'autel. C'est complètement raté et cela n'échappe à aucun d'entre nous. Pas de mélodie, pas de synchronisation, pas d'émotion. Tout le monde passe à côté du chant en espérant ne pas être repéré. Une catastrophe. Les mains clapotent poliment après la dernière blanche, mais personne n'est dupe dans le public. C'est nul.

Nous poursuivons sagement les chants sacrés. Sylviane s'évertue en articulant chaque syllabe de son solo avec une application irréprochable. Elle inspire par petits soubresauts de la cage thoracique : on dirait qu'elle a le hoquet. Cependant, c'est en place. Tout est à plat, sans relief, mais c'est déjà mieux que tout à l'heure. Nous nous recalons les uns par rapport aux autres. Nous respirons mieux, tandis que Sylviane retrouve quelques couleurs après son apnée, visiblement soulagée d'avoir traversé son calvaire sans trop d'encombres.

Personne ne se décourage, jusqu'au gospel final qui réchauffe enfin l'atmosphère. Une vague oscillation part du premier rang et se poursuit jusqu'aux barytons. Allez savoir pourquoi, l'homogénéité revient et le petit miracle se produit. Roger passe en avant-scène et nous balance des couplets avec un grain de voix hallucinant. C'est Marvin Gay ! Je n'en reviens pas. Une autorité, une virilité insoupçonnée, se dégage soudain de ce monsieur chauve édenté. C'est stupéfiant. Nous reprenons les refrains en chœur, dopés par l'énergie que ce petit bonhomme nous envoie. J'ai l'impression éphémère d'être une grosse Black enroulée dans une toge bleu nuit au fin fond de la Caroline du Sud. J'éprouve un plaisir inimaginable et je monte le volume au maximum. C'est démentiel, tous ces fluides qui passent d'un corps à l'autre. Le public semble le percevoir et les membres crispés par le froid commencent à onduler sur les bancs. On met le feu. Même le père Adingue se trémousse sous sa soutane. Roger remue les hanches tel un damné et son charisme me scie totalement. Ce mec est un mutant, un super-héros déguisé dans un corps de retraité de campagne. Son timbre est chaud, légèrement rauque, sensuel aux entournures et totalement dévastateur. Inimaginable. Nous lâchons tout pour l'accompagner et le bouquet du feu d'artifice permet d'oublier les petits pétards miteux du début. L'auditoire est conquis. Nous sommes subjugués. Les mains claquent dès la dernière note, tandis que Roger ouvre les bras à l'américaine pour nous saluer avec eux. C'est énorme, disproportionné. Nous nous complaisons longuement dans des petites révérences aux spectateurs, avant de regagner les coulisses.

Roger est vermillon. Plus fier que jamais. Tout le monde refait le match et l'ambiance recrée à s'y méprendre celle du vestiaire de foot après la victoire. On ne s'entend pas. Notre liesse transforme l'église en hall de gare. Il n'y a plus de Jésus, plus de piété, plus de silence religieux, juste des énergumènes éméchés qui se mettent à sauter en l'air en se tenant par les épaules. Ça braille, ça chante, ça rigole de bon cœur. Dans la ronde, je me retrouve au coude à coude avec Julien, euphorisé. Il est drôle avec son visage extatique. J'imagine que pendant ces quelques secondes, il savoure l'amnésie, la trêve que sa mémoire lui offre. Il se libère, bondit avec les autres, ne se demande probablement même plus ce qu'il fiche ici, un lundi de Toussaint, au milieu de son troupeau de seniors. Il se délecte de cet instant fugace et salvateur. Nous fredonnons ainsi tous ensemble encore quelques minutes, jusqu'à ce que le prêtre implore timidement un retour au calme, en nous félicitant de notre belle performance. Roger propose de payer sa tournée au Café des Voyageurs, mais je décline son offre.

Les musiciens s'égaillent alors les uns après les autres sur le parvis de l'église, Roger entraînant malgré tout derrière lui une quinzaine d'entre nous. Au moment où je monte dans ma voiture, Julien m'effleure doucement la nuque à la dérobée. Je ne l'avais pas entendu arriver.

– Ça t'ennuierait de me déposer chez moi ?

– Euh… c'est-à-dire… je pensais rentrer maintenant en fait, mon mari m'attend.

– D'accord, pas de souci. Je vais demander à quelqu'un d'autre.

– Monte.

– Non, non, merci je t'assure, je vais me débrouiller autrement.

– Monte, je te dis. Dépêche-toi avant qu'on nous remarque. Ça va jaser sinon. Je me méfie des mentalités de crochet… euh de clocher.

– Merci.

Et nous voilà rejouant la scène de la voiture, en modèle réduit cette fois. Nous ne disons pas un mot et je suis presque tentée de mettre Nostalgie pour couvrir notre embarras. Pourquoi m'a-t-il demandé de le raccompagner ? Il aurait pu rentrer à pied, réparer son vélo, s'adresser à quelqu'un d'autre. Il ne va pas me sonner à chaque fois qu'il est en manque de mère ou d'épouse. Je ne peux pas jouer les bonnes Samaritaines sans condition. J'ai aussi mon amour-propre, que diable.

– Tu montes prendre un verre ?

– Oui.

# 14

Je suis faible, mais cette sensation dans le bas du ventre augmente à chaque marche gravie pour atteindre son appartement. Je ne comprends pas ce qui m'arrive. L'ascension est irrésistible. Au moment où il ouvre la porte sur un deux-pièces sans intérêt, je prends la décision de partir très vite, en prenant soin de lui prouver que je ne suis pas une Mrs Robinson érotomane et légère. J'aime mon mari. Notre sexualité n'est pas désespérée. Il est tout à fait capable de me faire jouir et de me procurer des orgasmes dignes de ce nom. On ne résout pas tout avec des pectoraux de jeune homme ! Et puis, l'expérience m'a appris à relativiser le pouvoir du sexe et à apprécier la complicité, la tendresse, la sensualité douce et anodine. Je n'ai pas accompli tout ce chemin pour me laisser tourner la tête par le premier gamin qui passe. Un zeste d'alcool et je m'enfuis.

– Rouge, blanc, martini, whisky ?

– Du blanc, ça ira très bien.

– Très bien.

Il me sert le vin en allumant la chaîne hi-fi au passage. Au moment où il trinque avec moi, les premières notes résonnent. Bon. Je ne vais pas me laisser enjôler par un petit Chet Baker. J'ai tous ses disques à la maison et je ne saute pas sur Philippe à chaque fois que j'écoute un morceau ! Il est vrai que le contexte est différent, que je ne comprends pas bien ce que ce garçon me veut, s'il me veut d'ailleurs ou s'il se moque de moi. Je ne suis pas une oie blanche qui perd ses plumes à la première envolée lyrique. Il se méprend s'il pense que… soudain, alors que je suis assise jambes raides et croisées sur le rebord du canapé, il m'embrasse langoureusement dans le cou. Je suis surprise. Le coup est litigieux. Je n'ai pas le temps de riposter qu'il m'assène une nouvelle botte secrète en me renversant tête-bêche sur le canapé. Le coup de la tarte Tatin. Le traître ! La situation est critique, mais je peux encore la redresser. J'essaie de relever mon buste et ma dignité. Il ne m'en laisse pas le loisir et se couche sur moi sans autre forme de procès. Soit. Il a quitté ses allures tristes et timides, mais la partie n'est pas encore jouée. Je suis en mauvaise posture. Pourtant, il ne tient qu'à moi de tourner les talons et de quitter l'appartement. Je lève d'ailleurs assez fermement l'index en signe de protestation. Il n'en a cure et redouble d'ardeur en me couvrant de baisers. Malgré moi, je capitule, me laissant déshabiller et terrasser par cette foudre de jeunesse qui s'abat sur moi. Ma défaite par abandon le rend plus fougueux encore. Je m'étonne tout de même de son audace lorsqu'il nous envoie rouler sur le tapis du salon comme deux adolescents en colère. Il souffle bruyamment, m'enlace, me soulève dans un élan que je ne saurais réprimer. C'est imparable, il m'emmène avec lui dans sa fureur de vivre. Nous tournons, nous attrapons, roulons encore un peu dans une chorégraphie probablement grotesque mais tout à fait irrépressible. Il me domine et me pénètre sans me quitter des yeux. Corps-à-corps, tout contre, sans échappatoire, jusqu'à ce que j'abdique, à bout de forces, reconnaissant sa victoire par K-O en un dernier cri de faiblesse.

Combien de minutes passent avant que nous ne rassemblions nos esprits et nos vêtements éparpillés dans la pièce ? Pour une fois que j'avais mis mon bel ensemble de lingerie, il a tout arraché sans le voir. La vie est mal faite. Je rampe maladroitement pour récupérer mon soutien-gorge qui a atterri sur le bar de la cuisine américaine. Je n'ai plus l'habitude de cette animalité moi. Il faut me ménager. J'essaie de l'attraper par la bretelle sans avoir à me relever, car je refuse qu'il profite du spectacle de mon corps nu.

– Attends.

– Quoi ?

Je lui réponds en restant figée, lui tournant le dos.

– J'ai envie de te voir.

– Je ne veux pas que tu me regardes. Tourne-toi. Je vais me rhabiller.

– Non, s'il te plaît, vraiment.

– Écoute, à quoi joues-tu, Julien ? Tu te moques de moi ? C'est quoi, un pari avec tes potes, un fantasme qu'il te reste à accomplir ? Dis-moi.

– Tu me plais.

– Arrête, j'ai passé l'âge.

– Non, sérieusement. J'avais envie de toi. La première fois, j'ai cru à l'accident. J'étais triste, tu m'as consolé. Et puis j'ai repensé à toi ensuite. J'ai eu envie de recommencer. Et je ne suis pas déçu.

– Enfin, Julien. Tu as conscience que ça n'a aucun sens. Tu ne sais pas ce que tu dis. Tu as beaucoup d'amis de ton âge qui sortent avec des femmes du mien ? Franchement ?

– Et alors, on s'en fout. Je ne t'ai pas demandé en mariage, que je sache. J'ai le droit de te dire que tu es belle et que c'est un plaisir de faire l'amour avec toi.

– Et moi le droit d'avoir du mal à y croire. Pardonne-moi. Je vais rentrer.

– Comme tu veux. Tu me donnes ton numéro ? J'aimerais te revoir.

– Écoute, je ne sais pas. Je suis un peu perdue, je t'avoue que…

– Alors, prends le mien. Tu m'appelles si tu veux.

J'enfile mes habits à la sauvette, en pensant à Philippe qui doit roupiller sagement, à mille lieues d'imaginer ma trahison. Je ne sais pas où ranger ce numéro. Mon mari ne fouille jamais dans mes affaires. Il a bien trop confiance en moi pour cela. Je n'ai pas de cachettes : c'est tellement simple de lui mentir que je ne peux pas m'y résoudre. Notre couple mérite mieux que ces ébats sans lendemain. Je suis en rage contre moi-même et contre ce petit con qui manifestement se paie ma poire. Ce pervers sadique qui a décidé de faire souffrir une vieille, afin d'exorciser sa douleur. J'ai eu du plaisir, la belle affaire ! Où est-ce que tout cela me mène ? J'abîme un des derniers piliers de mon couple qui tenaient encore debout : la confiance.

– Caroline ?

– Oui.

– Je te demande pardon de te dire tout ça. Je sais que tu es mariée et que nous ne sommes pas dans la même situation.

– Je ne suis pas seulement mariée, Julien. Je suis aussi mère, grand-mère et ménopausée depuis douze ans.

– Il faut croire que la nature est plus clémente envers certaines.

– Écoute, je ne sais pas pourquoi tu me dis tout ça. T'es adorable, mais je crois que c'est préférable…

– Au point où tu en es. Tu ne veux pas en profiter un peu ?

– Bonsoir, Julien. À plus tard.

Il m'embrasse avec l'affection d'un amoureux à présent, pour achever de me déstabiliser. Je ne sais plus si je suis en colère, attendrie, flattée ou simplement honteuse, lorsque je redescends l'escalier de son immeuble rose pâle. Je rentre en pilote automatique, avant de me coucher, hagarde et profondément seule, près de l'homme qui m'accompagne depuis tant d'années.

# 15

Ma sœur a des antennes. Son coup de fil de sept heures, alors que Philippe tente en grognant de s'extirper de l'étreinte de Morphée, me réjouit. Elle joue de temps à autre les réveille-matin pour mon mari, tandis que le sien vient de s'endormir. Il ne nous reste plus ensuite qu'à chuchoter doucement sous la couette, comme si nous dormions ensemble. Ma voix la berce, et ses phrases ponctuées à l'américaine me galvanisent pour la journée. Philippe se rend dans la salle de bains en maugréant parce que je n'ai pas acheté de lames de rasoir, mais je n'ai d'oreilles que pour Houston et mets l'obturateur sur le reste.

Audrey, ma sœur. Cela fait un moment que nous ne nous étions pas appelées. J'aimerais lui raconter mais il y a des paroles qui ne peuvent pas franchir l'Atlantique impunément. Elle vit chez les wasps, dans son lotissement coquet, où l'herbe fraîche est tondue chaque jour pour prouver qu'elle n'a rien à cacher. Il n'y a pas de clôture à son jardin, à peine quelques voilages suspendus à ses fenêtres. Les voisins passent à l'improviste régulièrement. L'intimité est devenue pour elle un concept flou, terré quelque part dans son Europe natale. Lorsque je lui rends visite, je suis sidérée par cette convivialité permanente, cet élan collectif naturel et spontané. Là-bas, les journées avancent en ligne droite, jalonnées de rencontres sympathiques. Je ne manque jamais de m'extasier sur cet art de vivre simplement ensemble, avant d'étouffer le temps passant dans cette nasse de bonne humeur et de politesse. Très vite, les klaxons, le désordre et les emportements latins me manquent. L'absence de solitude, d'impudeur et d'excès me pèse. Dans leur urbanisme rectiligne, la vie s'écoule à angle droit et tous les coureurs du dimanche convergent vers le même idéal. Il faudrait qu'Audrey vienne ici, à contresens, afin d'accueillir dignement mes confidences de vieille dame courtisée. Je ne peux pas lui dire de but en blanc : je trompe Philippe avec un garçon qui a l'âge de ton fils. Elle me jugerait, m'envierait peut-être, mais se sentirait quoi qu'il en soit le devoir de me condamner. Audrey a toujours adoré mon mari et elle détesterait se rendre complice d'un pareil secret. Nous parlons donc sagement de la politique d'Obama au Proche-Orient, tandis que les ablutions de Philippe, qui se racle la gorge avec pugnacité à côté, détournent sporadiquement mon attention jusqu'à ce que nous raccrochions.

– Ok, chérie, *take care.*

– *You too.* Bonne nuit.

En reposant le combiné, j'éprouve une sensation

étrange. La radio allumée sur le flash info ne parvient pas non plus à me distraire. Je suis le terrain d'un combat entre l'ennui et l'excitation. L'envie de bondir et d'essayer toutes mes robes les unes après les autres est contredite par un flegme désabusé qui me maintient au lit dans un état second. Paumée, je demeure inerte face à mon dilemme cornélien. Ou je m'attaque à la panière de linge remplie à ras bord, comme si rien ne s'était passé, ou je me laisse aller à ce sentiment électrique qui m'envahit en improvisant une journée différente. Il faut trier le courrier qui s'amoncelle sur la cheminée, apporter les manteaux au pressing et remplir le frigo dévalisé par mes petits ogres. Après quoi, il serait judicieux de m'aventurer au cours d'aquagym où Sylviane m'a promis que je m'amuserais beaucoup, tout en raffermissant mes cuisses.

Je pense à toutes les femmes au foyer dont les semaines sont rythmées par ces corvées quotidiennes. Leurs maris trouvent normal de se faire dorloter le soir en rentrant chez eux, alors que leur travail s'avère souvent moins harassant que les épreuves endurées par leurs chères et tendres du réveil au dîner. Bon sang que je n'aime pas cette agitation parallèle au monde, cette sensation de se perdre dans des activités invisibles et si peu gratifiantes. Je ne pensais pas qu'un métier pouvait à ce point conférer le sentiment d'être utile et de jouer un rôle. Je suis mise au ban dorénavant. Lorsque je travaillais, je déléguais à notre femme de ménage. Une fois en retraite, j'ai estimé que j'avais tout loisir de m'occuper du repassage, des courses et des affaires courantes. Grossière erreur. Certes, j'ai lié des relations agréables avec les commerçants du marché. Mon primeur nous réserve les fruits les plus juteux et le poissonnier ne manque jamais de m'octroyer une généreuse ristourne sur le bar sauvage, en échange de quoi j'écoute gentiment le récit des aventures universitaires fort chaotiques de son aîné. Je bosse le lien social. Les courses folles à travers les rayons de l'hypermarché ont été remplacées par des visites affables dans les commerces de proximité. C'est plus humain, moins stressant, plus proche de l'idée que l'on se fait des vraies valeurs et du sens de la vie. Mais parfois, j'ai l'impression d'être attendue chez eux pour prendre le thé et c'est pire que les obligations familiales ! Acheter deux tournedos peut m'occuper une partie de la matinée. Plus question de râler quand la petite dame devant met des plombes à commander son rôti aux pruneaux. Attendre devient un exercice imposé, répondre aux interrogations sur mes achats de la veille aussi : « Alors, cette sole aux agrumes ? Elle a eu son petit succès ? Vous voyez que ce n'est pas trop sec si on l'arrose au vin blanc… »

Il y a des jours où il me prend l'irrépressible envie d'envoyer valser le panier de la ménagère. Aujourd'hui en est un. Philippe ne repasse pas à la maison à midi, le linge peut attendre et il reste la possibilité de commander des pizzas chez Karim ce soir. La Terre ne s'arrêtera pas de tourner si je manque pour une fois à mes devoirs de retraitée. Quitte à me ridiculiser tout à l'heure en singeant des chorégraphies hasardeuses dans le petit bassin, je préférerais que ma tenue ait un peu de dignité. Cela ne va pas me faire de mal de reprendre le sport et la meilleure façon de me motiver est encore d'acheter un maillot dans lequel je ne sois pas trop complexée. Après délibération du jury, je déclare donc unilatéralement la journée sans contraintes ouverte !

L'étroitesse de la boutique de lingerie confère au lieu des allures clandestines. Le long couloir donnant accès à la cabine unique est bordé de boîtes blanches renfermant des dessous affriolants. Les maillots de bain sont exposés sur un portant, au vu et au su de tous. J'en saisis quelques-uns, parmi les plus sobres et les plus discrets, en m'efforçant ensuite de choisir le plus seyant. La vendeuse tente une percée en passant la tête à travers le rideau de velours : « La taille est bonne ? » J'ai une fugace envie de l'insulter alors qu'elle n'y est pour rien si je me sens engoncée dans son bout de tissu synthétique. Je marmonne :

– Oui, mais la coupe est trop échancrée, je crois.

– Madame peut se permettre. Et puis, c'est la mode, vous ne trouverez pas plus couvrant, à moins de passer sur du shorty.

J'ai envie de lui répondre que Madame se permet déjà beaucoup ces derniers jours et que le moment est peut-être venu pour elle d'accepter l'âge de ses artères. Cependant, je la laisse poursuivre sa flagornerie bon marché. C'est toujours ça de pris et elle me galvanise pour affronter le regard des autres tout à l'heure à la piscine. J'opte pour le bleu marine « intemporel et chic » au décolleté assez avantageux.

Avant de passer à la caisse, mon regard est attiré par un très joli soutien-gorge parme. Je rougis en regardant l'ensemble car c'est à Julien que je pense en l'essayant. Un demi-aveu. J'ai la sensation de me préparer à un rendez-vous amoureux en payant le prix exorbitant de ce petit bout de dentelle. C'est tellement exaltant de se parer pour des yeux tout neufs, de valoriser des futilités que je croyais définitivement derrière moi. Il n'a pas mon numéro et je n'ai nullement l'intention de l'appeler. Cependant, je ne peux m'empêcher de me préparer à l'éventualité de possibles retrouvailles. Esprit retors et féminin ! Je tisse les mailles de mon propre filet. Julien n'est qu'un prétexte pour me réinventer. Les remords ont hanté ma nuit, mais à peine le soleil a-t-il pointé le bout de son nez que la hâte est revenue se loger dans mon ventre. Cette intuition prégnante qu'il faut aller vite. Où ? On l'ignore, mais vite. Je suis la même dans le miroir, mais je me vois différemment. J'ai envie de me reconquérir, de me draguer un peu, avec l'espérance folle que je pourrais me plaire. Dans la cabine, mes orteils, avec qui je vis en bonne intelligence depuis tout de même soixante ans, m'apparaissent comme une abomination. Le détail qui tue. Ils cherchent à s'enfouir dans le sol en béton, ce qui est évidemment la meilleure façon de se faire repérer, tous les pieds savent cela.

Je file donc chez l'esthéticienne, mue par la lubie subite de repenser ma beauté de A à Z. Des mesures draconiennes s'imposant à moi sans délai, j'entre timidement dans les Jardins de Maeva, au son d'une clochette féerique. La musique pour les plantes y est de rigueur. Je suis allergique à ces disques relaxants enregistrés sur de faux synthétiseurs, regorgeant de fausses cascades et de faux oiseaux exotiques. En fait, je crois qu'ils agissent sur moi comme un stressant, allez savoir pourquoi. Je passe cependant sur l'ambiance musicale, laissant mes petons se faire dorloter. Alizée, qui ressemble étonnamment à la Dorothée de l'enfance de mes filles, me bichonne avec professionnalisme. Je me grise peu à peu et cède à ses sollicitations par paresse autant que par curiosité, lorsqu'elle me propose la formule tout en un : aisselles, demi-jambes et maillot. Je me rends compte chemin faisant que j'ai sauté une génération quand elle me lance sans pudeur à plein la cabine :

– Je dégage aussi l'anus ou on reste sur quelque chose de plus sobre ?

Les temps changent. Je bafouille un :

– Non merci, restons simples, sans qu'elle paraisse une seconde déconcertée.

Il n'y a pas de quoi fouetter un chat, c'est le cas de le dire. Je me sens bégueule et prude, mais je trouve cette situation extrêmement inconfortable. La savoir penchée sur ma toison à traquer les petits récalcitrants à la pince à épiler me crispe au plus haut point et la flûte de Pan distillée à grandes envolées par les baffles au-dessus de moi n'arrange rien. Une fois son ouvrage terminé, elle me présente un miroir qu'elle déplace sous tous les angles comme chez le coiffeur, afin de recueillir des compliments ou d'éventuelles doléances. Que suis-je censée regarder et répondre ? Elle est interdite devant mon silence.

– Ça ne vous plaît pas ? Vous vouliez peut-être moins brésilien ?

Mon Dieu, je veux m'en aller.

– Si c'est la petite rougeur, c'est normal, je vous assure que vous n'aurez pas de petits poils sous la peau avec les petites repousses.

Pourquoi tout est « petit » dans son vocabulaire alors que tout est grand dans son volume sonore ? Il y a un décalage que je ne m'explique pas. Passons l'épreuve des poils pubiens et tentons de sortir digne de cette nouvelle aventure. Je suis obligée d'apprécier sa prestation en jetant un rapide coup d'œil à mon sexe, qui jouit effectivement désormais d'une vue très dégagée, ce dont je la remercie en évitant d'éclater de rire. Cette fois, c'est à Philippe que je pense. Si toutefois il lui prend l'envie d'aller le voir de plus près, il risque de ne pas s'en remettre. C'est un peu comme si je passais du long au carré plongeant. Ce n'est pas radical, mais pas non plus anodin. Dieu que nos vies sont dérisoires ! Quels que soient le but et le sens profond de tout cela, je revis. Ce n'est pas sinistre, c'est impulsif, déconstruit, perturbant, original, insensé, créatif, inepte, immature, romantique. Oui, c'est ça, romantique. Tout ce que je fais depuis ce matin est mû par cette impression lointaine d'un retour à l'âge des possibles, à cette époque de la séduction et des cœurs qui battent. C'est le cadeau de Julien. Il ressuscite une pulsion, un élan candide.

*Une jeune fille aux cheveux blancs*

Tandis que je me rends à l'aquagym avec mon nouveau maillot, je promène un large sourire dans les rues de la ville. Je suis une toupie droguée. J'irradie étrangement. Cette journée ordinaire s'est muée en une succession de minuscules incohérences, d'infimes accidents de parcours, qui ont dessiné au fil des heures un joyeux rictus sur mon visage. Inconséquente, cette journée doit être et sera inconséquente puisqu'il en est ainsi.

# 16

On dirait un film de Jacques Demy, sauf que les demoiselles de Rochefort sont un peu tapées. D'où vient cette manie qu'ont les vieilles dames de porter des maillots de bain rose bonbon, turquoise ou jaune fluo ? Espèrent-elles faire diversion ? On ne voit même plus le bleu de l'eau, tant elle reflète le camaïeu des nageuses du mardi après-midi. Le moniteur, lui, mise tout sur la référence à *Alerte à Malibu*, dont la plupart d'entre nous n'ont probablement jamais entendu parler, mais qu'importe. Son slip rouge trop serré semble aussi inamovible que celui des Ken que mes filles essayaient d'ôter en cachette, lorsqu'elles étaient gamines. Il est cocasse, mais tellement prévisible que l'effet comique s'en trouve estompé. Dommage. En revanche, une séance chez ma petite Alizée ne le desservirait pas. On dirait qu'il porte un maillot une pièce, tant sa pilosité abonde sur ses muscles saillants de professeur d'aquagym. Sans le moindre complexe, il lance la séance en me gratifiant d'un examen rapide de haut en bas puis de bas en haut, pendant que j'emprunte la passerelle d'accès à l'eau. Je suis tellement de bonne humeur que cela ne me gêne même pas.

Je rejoins Sylviane qui semble montée sur un podium. Ce n'est pas possible, c'est une figure de natation synchronisée : elle est en équilibre sur la tête de quelqu'un. Comment cette femme peut-elle être aussi grande ? Elle traverserait la Manche à pied. Pour parfaire le portrait, elle s'est affublée d'un bonnet rose et d'un pince-nez assorti. Elle me hèle du plus loin qu'elle m'aperçoit d'une voix nasillarde :

– J'avais parié que tu viendrais ! Les filles disaient que t'allais te dégonfler. Tu n'as pas de bonnet ?

– C'est obligatoire ?

– Non, ne t'inquiète pas, on en met pour ne pas avoir à refaire nos couleurs toutes les cinq minutes, mais tu as le droit de ne pas en porter. Ah, ça commence !

Sylviane revêt aussitôt son air hyperconcentré. Ça ne rigole plus. Elle se tend vers le professeur qui s'empare de sa planche et commence à esquisser les premiers mouvements.

Nous sommes toutes alignées de manière un peu anarchique pour l'échauffement et les genoux distraits se cognent les uns contre les autres jusqu'à l'intervention de notre garde-côte :

– Hop, hop, hop ! Qu'est-ce qu'on a là ? Le week-end a été trop long, mesdames ? On a perdu le sens de l'orientation ? Allez, on s'aligne correctement et on s'échauffe en douceur. Marie-Annick, plus à droite. Jocelyne, un pas devant et… vous, en bleu, votre nom, c'est ?

– Caroline.

– Bien, moi c'est Mitch ! Non, je déconne. Hervé, pour vous servir.

– Enchantée.

– Ok, maintenant qu'on a passé les formalités, on y va. Vous vous mettez devant pour bien suivre et comme ça, je teste votre niveau.

Tester mon niveau ? Je ne connais que la brasse coulée et, a priori, ce n'est pas l'esprit !

Hervé appuie sur le poste pour nous régaler d'une musique dance, compilation du pire des années 90.

– Bon, mesdemoiselles, c'est parti ! On secoue tout ça et on lance les bras, devant, à gauche, à droite, et souffle. En haut, en bas, devant, et souffle. C'est compris ? On se donne à fond et on tient sa ligne.

Sylviane derrière moi exagère chaque expiration pour montrer qu'elle respecte la consigne à la lettre. Elle a toujours une dimension de plus que les autres. Sur les photos, on ne doit jamais voir sa tête. Dans la réalité, elle se débat tellement avec sa grande carapace qu'elle émet des sons étranges en gigotant maladroitement. Je ne suis pas tellement plus à l'aise et me juge à peu près aussi légitime dans l'eau qu'un fruit de mer dans un restaurant de haute montagne. Toujours cette fichue question de la légitimité qui me poursuit partout. Vais-je un jour finir par correspondre à l'étiquette qu'on me colle sur le dos ? Il me faut probablement accepter la réalité : ma place est là, au milieu de cette pagaille fluorescente. Il y a des étapes dans la vie qu'il convient de respecter. On commence à la pataugeoire et c'est ici que l'on échoue. Les actifs pressés nagent en file indienne entre midi et deux, les enfants barbotent après la classe, et nous, nous occupons les heures creuses en dansant la lambada en rang d'oignons. Pourquoi ai-je toujours le sentiment inconfortable de me tromper de bassin ? Pourquoi suis-je toujours convaincue d'être l'erreur de casting ?

– Hop, hop, hop ! On n'est pas là pour bronzer, mes petites demoiselles. Alors, on se réveille, on transpire. La nouvelle, c'est comment déjà ?

– Caroline.

– Bon, alors vous, vous êtes carrément au spa. C'est ambiance thalasso ! On se la coule douce. Tranquille.

Décidément, c'est un sacré déconneur ! Je l'aime déjà. Il a typiquement la tête du gars qui rit tout seul de ses propres blagues. D'ailleurs, il s'esclaffe en essayant de rallier les autres à sa cause. Mes camarades compatissantes laissent transparaître un certain amusement sans trop en rajouter, charité chrétienne oblige, tandis que je m'évertue à reprendre l'exercice avec plus d'ardeur. Je suis allergique au sport. Je cours une fois par semaine de manière immuable depuis des années, mais ce n'est qu'une histoire d'entretien de carrosserie sans intérêt, qui ne me procure pas le moindre plaisir. Je ne comprends pas le but des mouvements qu'il nous demande d'effectuer. Je sais simplement que je vais avoir des courbatures terribles dans les biceps et les cuisses toute la semaine et je ne suis pas persuadée que cette mascarade se soldera par un quelconque bénéfice. Toute cette souffrance, à quoi bon ?

Tout à l'heure, cela m'amusait encore, mais si Hervé me provoque avec son humour de marchand de frites, il risque de me mettre carrément de mauvais poil. Chantal me permet cependant de retrouver un semblant de bonne humeur. Je viens seulement de la reconnaître au bout de la rangée, tant sa peau a décoloré. Elle se donne tellement au rythme de *Saga Africa* que l'implosion semble inéluctable. C'est une mèche de dynamite dont la mise à feu est imminente. Le moins que l'on puisse dire est qu'elle est motivée pour perdre les quelques kilos qui lui vont si bien. Elle est évidemment une des rares à ne pas porter de bonnet et je suis persuadée que c'est précisément dans l'espoir que le chlore et les autres produits chimiques attaquent sa teinture jaune sans ménagement. Pauvre petit canari en quête d'une beauté éphémère et perdue à jamais.

En un regard circulaire, j'admire tous ces visages crispés par l'effort, ce bataillon de réservistes se préparant à une guerre sans issue. Dans chaque geste, chaque mimique, se lit la même détermination : ne pas renoncer, ne pas baisser les bras, continuer le combat. Le dépassement de soi reste une valeur et peut-être plus que jamais à nos âges. Ne pas se poser de questions. Voilà le précepte à appliquer à la lettre. Suivre les mouvements : en haut, en bas, à gauche, à droite. Exécuter la chorégraphie que l'on attend de moi sans réfléchir. Débrancher le cerveau. Laisser glisser les sarcasmes d'Hervé, rentrer dans le rang, rire avec Chantal et Sylviane, prendre une douche, me coucher auprès de mon mari et oublier Julien… Sa peau fine, ses gestes brusques, empressés, haletants. Oublier que tout cela m'attend à quelques rues d'ici. Impossible. Je suis allée trop loin pour revenir en arrière. Il veut me revoir, il me l'a dit. Il veut bien me faire l'amour à nouveau, me désirer, me prouver que je suis encore là.

Sous la douche, alors que les filles parlent de tout, de rien et globalement surtout de rien, je réponds poliment, j'acquiesce et souris, mais c'est à Julien que je parle et c'est lui que je vois. L'urgence depuis ce matin qui me pousse ici et là est en train de désigner sa cible. C'est chez lui qu'il faut courir maintenant. Sans questionnements et sans remords. Il est trop tard pour rebrousser chemin.

# 17

J'appuie sur l'accélérateur comme si je craignais que la voiture ne reprenne toute seule le chemin de la maison. Je me méfie de son instinct casanier. Elle n'est pas encore habituée à la fougue de sa maîtresse. J'ai jeté le sac de piscine sur la banquette arrière, le maillot de bain et les idées à peine essorés. Je ne réfléchis plus. J'obéis à l'appel du ventre. J'ai crié : « Destination Julien » et le GPS n'a pas osé me contredire.

Le trafic est fluide et mon allure de prédatrice est tout juste ralentie par les dos-d'âne et les panneaux de signalisation. Je fonce, résolue à le retrouver. Plus personne ne peut m'arrêter. C'est immoral, et alors ? Il n'est plus temps de se retourner, plus temps de regretter. Il y a du bonheur à prendre à quelques kilomètres d'ici. Je vais le chercher. Vite.

J'ai envie de griller ce feu qui rougit du crime que je m'apprête à commettre. Allez, crache ta Valda, crache ! Donne-moi du vert, de l'espérance. Le moteur vrombit sous mes pieds, prêt à bondir. Je n'ai plus une minute à perdre. Laisse-moi passer. Laisse-moi... oh non ! Soudain, un obstacle se dresse devant moi. Quelqu'un que je connais bien. Qui a le pouvoir et le droit d'arrêter le véhicule. Faites qu'il ne me voie pas. Faites qu'il traverse sans tourner la tête vers moi. Faites qu'il ne dévie pas ma course et ne brise pas un élan si fragile. Il marche dans les clous, ailleurs, impassible. Je ne bronche pas, attachée à mon siège, rivée à mon désir pour l'autre.

Il frôle le capot, glissant sous mes yeux et s'éloignant de moi à chaque pas. Je le laisse filer. Il passe comme dans un rêve et j'attends en silence. Juste avant d'atteindre le trottoir pourtant, le petit bonhomme rouge le fait sursauter tel un diablotin réveillant sa conscience endormie. Il se retourne brusquement vers moi. Quelques secondes. Il ne manquait que quelques secondes pour que nos routes se croisent sans se rencontrer. Mais il me voit désormais et monte reprendre la place qui lui revient, dans notre voiture, à mes côtés.

– Encore une chance que je t'aie vue. Tu rêves ou quoi ? demande-t-il en me claquant un baiser distrait sur les lèvres. Un peu plus et tu me roulais dessus sans me voir ! La gueule du constat...

– Désolée, j'étais dans mes pensées.

– Pfff... t'es incroyable quand même. J'essaie de te joindre depuis ce matin, t'as plus de batterie ?

– Oui, c'est exactement ça. J'ai plus de batterie, Philippe.

J'aimerais qu'il détecte l'implicite, mais il refuse d'entendre. Tant pis.

– Bon, en tout cas, tu tombes bien. Je vais visiter un F2 et je voulais absolument que tu sois là. On a rendez-vous dans moins de dix minutes rue Nina-Berberova, en face de la poste. C'est une super-affaire a priori.

– Ça ne m'arrange pas, Sylviane m'attend pour répéter le théâtre chez elle.

Je lui lance ce mensonge éhonté comme on se jette d'un immeuble en feu.

– Passe-lui un coup de fil pour la prévenir que t'auras un peu de retard, ce n'est pas grave.

– Ça m'ennuie un peu, ça ne se fait pas…

– Il n'y a pas mort d'homme, il ne faut pas exagérer.

– Oui, je sais, on ne sauve pas des vies, on n'a que des loisirs.

– Caro, prends pas la mouche comme ça. T'es à vif. Écoute, je vais essayer de lever le pied au bureau pour qu'on se retrouve un peu toi et moi, qu'on se refasse des cinés, des petites virées à deux. Ça te dirait ?

Il me caresse les cheveux avec la mansuétude d'un homme qui veut clore la discussion et j'acquiesce docilement puisque sa douceur n'appelle aucune contradiction.

– Allons-y, mon chéri, dis-je en tournant vers l'adresse indiquée, mais juste une question.

– Quoi ?

– Ce F2, on l'achète pourquoi ?

– Je t'ai déjà dit. C'est le produit de défiscalisation idéal, on le loue meublé, en plus il est plein centre, tout neuf, pas d'emmerdes. Pile ce qu'il nous faut.

– C'est bizarre d'acheter des endroits où on n'habitera jamais, tu ne trouves pas ?

– Écoute, si tu veux quitter la maison pour vivre dans 40 mètres carrés, libre à toi, mais je ne suis même pas sûr que ton dressing rentre dedans !

– Non mais je suis sérieuse, Philippe. Tu ne trouves pas ça étrange ? Maintenant, si on visite des apparts, c'est pour les impôts, pas pour y mettre des nouveaux meubles et des projets.

– Mais… qu'est-ce que t'es en train de me dire… tu veux déménager ?

Pour la première fois depuis longtemps, je sens sa pomme d'Adam monter et descendre sans savoir où se situer. Je voudrais qu'il me prenne dans ses bras, qu'il pleure et qu'il me dise : Tu as raison, putain, c'était tellement bon les pendaisons de crémaillère, les premières nuits au milieu des pots de peinture, les fous rires chez le notaire qui m'appelait « cher confrère » alors qu'on se foutait ouvertement de sa gueule. Tu as raison, Caro, on ne se projette plus. On stagne, on épargne, on raisonne. Et si on retapait une vieille maison de campagne ? Et si on essayait de devenir des bricoleurs, histoire de relever un défi ? Et si… juste t'entendre dire « et si », avec un air malicieux, mon Philippe. Dis-le, s'il te plaît.

Il n'est pas idiot. Il sent le malaise. Nous nous taisons l'un et l'autre pour mieux l'écouter nous diviser. Mon vieil amoureux esquisse un geste emprunté pour me réconforter, avant de m'embrasser tendrement sur la joue.

– Ça va aller, me dit-il. Je comprends que ce ne soit

pas simple pour toi en ce moment. Mais moi, je ne suis pas à la retraite, tu sais. Après, on verra. Je te promets qu'on fera plein de trucs.

L'agent immobilier nous fait signe de nous garer avant de me laisser répondre. Tant mieux. Je n'aurais pas su quoi dire à Philippe ni comment accueillir ses promesses. Je lui souris avec mes yeux tristes. J'essaie d'y croire. Je ne sais plus.

– Ah, je vois que madame a pu se libérer, c'est parfait. Monsieur avait peur de choisir sans vous. Valentin Perraut, enchanté, lance-t-il en battant des cils et en me collant dans la paume une vilaine carte plastifiée avec ses références.

– Caroline Prime, enchantée également.

– Parfait, parfait, parfait. Si vous voulez bien me suivre. L'appartement est juste là. Je vais me permettre de vous demander de jeter un œil aux communs pour commencer, si vous le voulez bien. Tout est comme neuf, comme vous pourrez le constater, l'immeuble a à peine trois ans. Par ici, s'il vous plaît, madame. Je vous en prie.

À en croire son ton ampoulé, on dirait qu'il essaye de nous refourguer un contrat obsèques. Il se trémousse devant nous de toute sa silhouette longiligne et je me tourne vers Philippe pour partager un rictus de connivence. Malheureusement, il scrute déjà les murs et les revêtements de sol, concentré sur le placement qu'il est sur le point de réaliser. Je me gausse donc toute seule devant les mines sirupeuses et la syntaxe à rallonge de notre pauvre guide. Qui se donne un mal fou, alors que

Philippe ne l'écoute pas et que je me contrefiche du deux-pièces qu'il veut nous vendre. Rien ne l'arrête et son flot de paroles emplit inlassablement le hall, la cage d'escalier, puis le salon de l'appartement à la décoration douteuse. Sa voix sucre chaque syllabe en chuchotant avec délectation :

– Bon, les pin-up aux murs, c'est une affaire de goût, bien sûr. Pour tout vous dire, les propriétaires cèdent à ce prix-là parce que c'est un divorce. En fait, ici, c'était la garçonnière du mari.

J'ai l'impression qu'il va se décrocher les yeux à force de les balancer ainsi de droite à gauche. Il attend que nous lui renvoyions des œillades désapprobatrices comme si notre génération devait s'offusquer de tous ces « divorcés » dévergondés. Rien ne vient. Je ne me sens personnellement ni assez vieille ni bien placée pour apporter de l'eau à son moulin en jugeant les mœurs pratiquées en ces lieux. Quant à Philippe, il continue à recenser les points de détail avec minutie, mètre carré par mètre carré, sans prêter la moindre attention aux commérages du jeune homme. J'imagine les frasques sur le lit king size de la chambre rose et les ablutions coquines dans la baignoire en laiton. Je me sens gênée de me promener au milieu de ces souvenirs étrangers. L'intimité semble encore fraîche, comme une peinture dont on percevrait les effluves agressifs. C'est le moment que Philippe choisit pour m'attraper par la taille et me murmurer dans le creux de l'oreille : « On le prend ? » J'ai envie de lui crier : « Oui, prends-moi, jouons un peu aux amants et louons-nous un lupanar en cachette des enfants, tu veux bien ? », mais je sais que nous ne parlons pas de la même chose. Je ne peux même pas lui en vouloir. C'est moi qui déraille.

– Si tu veux, Philippe.

– Bon, dit-il en se retournant triomphalement vers Valentin la vipère, nous sommes preneurs, monsieur.

Après avoir serré vigoureusement la main de notre hôte et s'être acquitté des formalités d'usage, Philippe se tourne vers moi en roucoulant :

– Tu vois, je ne vous ai volé que vingt minutes, ma petite dame. Je suis content. Il me confirme demain matin. Je ne sais pas si tu as conscience du coup qu'on vient de faire, mais si on l'a, je peux te dire que c'est notre jour de chance ! Bon, je vais aller au cabinet à pied. T'embête pas à me déposer. File. Tu répètes quoi au fait ?

– *Phèdre.*

Les mots sortent en pilote automatique, comme si la félonie était inscrite dans mes gènes.

– Ah ! « Tout m'afflige et me nuit et conspire à me nuire… »

– Oui…

– Bon, eh bien amuse-toi bien avec ta chère Œnone, réplique-t-il, heureux de son à-propos.

– Bon courage, à tout à l'heure.

Un baiser sur le front, simple, vrai, et le voilà parti, guilleret, optimiste, aimant. J'ai honte. C'est Hippolyte que je vais retrouver. Je ne peux pas m'en empêcher. Pardon, mon amour. Je n'ai pas le temps.

## 18

Il m'ouvre. C'est aussi simple que cela. J'ai sonné fébrilement et il a ouvert largement la porte puis la bouche en me voyant.

– Bonjour.

– Bonjour.

– Je peux entrer ?

– Bien sûr, oui, oui, entre. Je t'en prie.

Et voilà. Aussi naturel et déstabilisant que cela.

– Pardon de débarquer comme ça. Mais tu m'as dit… enfin j'ai pensé…

– Tu as bien fait. J'ai juste un peu honte. J'ai fait mon ours toute la journée. Je n'ai pas quitté l'ordi… Tu m'accordes cinq minutes pour prendre une douche ?

– Bien sûr. Mais tu sais, je peux y aller, je…

– Tu plaisantes. Je suis ravi que tu sois là.

Sur sa joue droite, une fossette orpheline lui dessine une asymétrie charmante sur le visage, comme une cicatrice heureuse d'être là. Il disparaît dans la salle de bains en jetant son pull sur le seuil, le temps pour moi d'apercevoir son dos nu et imberbe. J'attends sagement sur le canapé du salon que mon étalon revienne. Je ne me demande même plus ce que je fais là. J'ai cessé de me perdre dans des spéculations stériles. Il est probable que Julien me croie riche et qu'il espère changer de standing en m'offrant ses caresses et ses compliments galants. Il est également vraisemblable que ce garçon abattu opère un transfert sur moi, son deux en un, sa mère et son épouse parties à jamais. Il est enfin absolument certain que lui-même ne cherche pas le sens de cette incartade insolite. Cependant, l'aventure est féconde et, quelle que soit la culpabilité qu'elle engendre pour moi, elle me comble suffisamment pour ne pas y renoncer maintenant. J'attends donc sur le sofa, sans m'embarrasser des usages, de la morale ni de la bienséance. Je viens chercher un plaisir illicite et inestimable. C'est mon quart d'heure de prohibition. Il y a encore un siècle, j'aurais pu me méfier d'un pas dans l'escalier et m'attendre à voir surgir un gendarme venu me cueillir en flagrant délit d'adultère. Aujourd'hui, je suis simplement là, avec ma conscience tourmentée pour seul juge. Il faut assumer. Je suis entrée, il m'a ouvert et nous n'avons pas éprouvé le besoin de nous justifier l'un et l'autre. Tout est dit dorénavant. Nous sommes amants. Je fouille nonchalamment dans sa discothèque, laissant Cesaria Evora envelopper sereinement le salon de sa voix chaude. C'est à ce moment précis qu'il passe sa tête ruisselante dans l'embrasure de la porte et me lance avec une espièglerie non dissimulée :

– Tu me rejoins ?

L'eau coule abondamment le long de son torse et il court à nouveau sous la douche sans attendre ma réponse, comme s'il était évident que je ne saurais résister à cette invitation.

À l'intérieur, c'est l'étuve. Julien se retourne en sentant ma présence et s'offre à mon regard indiscret sans aucune retenue. Il se frotte les cheveux énergiquement, jetant la mousse en arrière et la laissant retomber sur ses reins, ses fesses, ses pieds. Je suis tétanisée, au spectacle, absorbée par la simplicité de ce moment. Il en profite pour m'entraîner vers lui en riant. À quoi jouons-nous ? En guise de réponse, il me colle contre la paroi, avant de commencer à remonter ma jupe. Mon mascara dégouline. Je fixe, impuissante, les gouttes noires qui glissent sur ma poitrine et tachent mon pull en angora. Aucune importance. Julien l'enlève, orchestrant ainsi d'une main de maître le baptême de mon soutien-gorge parme. J'ai chaud. Ma cervelle bouillonne et mes pensées, dans un dernier éclat de lucidité, achèvent de se dissiper dans les vapeurs de la cabine. Je me noie doucement entre ses bras. Une apnée profonde, régénératrice, vertigineuse. Il me possède littéralement pour la première fois, sans que je prenne la moindre initiative. C'est le grand bleu dans une salle de bains. Je suis une sirène, muette de plaisir, plaquée contre la vitre. Instant de grâce, fluidité des peaux, des sentiments. Je lui appartiens sans bouger un cil. Je sens les gouttes d'eau, de sueur, de salive s'infiltrer partout en moi, suaves, impétueuses, désordonnées. Je ne distingue plus quoi est à qui. Le souffle devient court, le cœur cogne violemment. Et le corps inondé court vers son dernier supplice. Il est l'heure de remonter à la surface. L'ascension est longue, jusqu'à la lumière qui surgit tout à coup. Fin du voyage.

La croisière se termine aussi soudainement qu'elle a commencé, mais je peux enfouir mon visage dans le creux de son cou pour oublier que nous ne partirons peut-être plus jamais ensemble aussi loin. Je respire difficilement, tapie contre son épaule. J'attends. Julien demeure également immobile, mais je sais qu'il guette la seconde décente pour se dégager de l'étreinte. Elle approche. Il se tient prêt, tandis que je la redoute. Il commence par bouger lentement une main, en me caressant au passage pour ne pas me brusquer, puis il tend le bras vers la douche, avant de l'éteindre brutalement. Silence.

Dans le salon, Cesaria Evora s'est tue aussi. Nous sommes face à nous-mêmes. Le tapis de bain est trempé et mes oripeaux y flottent tels des drapeaux en berne. Je traverse la pataugeoire pour étendre mes affaires sur le radiateur pendant que Julien file au salon s'allumer une cigarette. Il me fuit du regard. Il s'en veut, s'interroge sans comprendre et regrette déjà cet ultime passage à l'acte. C'est déjà miraculeux qu'il puisse physiologiquement éprouver tant de désir pour moi. Je ne peux pas lui en vouloir d'être un peu perdu ensuite. Ce troisième égarement dans mes bras semble le perturber plus que les autres. Un léger malaise stagne au milieu de la pièce. Il n'y a rien à dire. Nos corps ont parlé pour nous et maintenant qu'ils ont fini de s'exprimer, nous nous sentons un peu démunis. Cela va passer. J'ai le désagréable sentiment de réagir en homme qui trompe sa femme avec une jeunette en se rassurant parce qu'il ne confond pas plaisir et amour. Je n'ai pas honte vis-à-vis de Philippe, mais davantage vis-à-vis de moi. Je me rassure sans grandeur d'âme, sans scrupules, en saisissant l'aubaine qui se présente. Comment suis-je assez bête pour croire que l'extase d'une poignée de minutes sera supérieure aux interminables heures entamées par le remords ? C'est mal me connaître.

– Qu'est-ce qu'on fait maintenant ? me demande-t-il de sa voix sibylline.

Il en a de ces questions, lui. Si je le savais, je ne serais pas ici.

– J'attends que mes vêtements sèchent, mais fais comme chez toi !

Son visage s'éclaire subrepticement. Les sourires de ce garçon sont des arcs-en-ciel sur fond gris. Les embellies y sont rares. Sa gaîté n'est que mélancolie. C'est étonnant comme la majeure partie de son charme provient de sa fragilité. S'il cessait de tanguer, s'il n'était plus cette blessure tentant maladroitement de se tenir debout, sa séduction s'évaporerait probablement avec sa détresse envolée. Il fait partie de ces rares personnes à qui le malheur va bien au teint. Sa douleur le rend hésitant, indécis, indéchiffrable. Elle lui confère un mystère attirant, un air penché qui donne envie de glisser avec lui vers le côté obscur.

Il se dirige vers un placard manifestement chiné chez un brocanteur du coin, puis en sort un gros paquet de fraises Tagada, dans lequel il s'empresse de piocher avec avidité, ce qui me permet de me placer immédiatement dans la peau de la baby-sitter. Deuxième piqûre de rappel. Tout à l'heure, j'ai déjà remarqué qu'il possédait dans sa discothèque un revival des plus belles chansons de dessins animés, d'*Albator* à *Bioman*. Je me suis empressée de chasser de mes pensées la vision de mon Adonis flanqué d'une palanquée de potes éméchés chantant à tue-tête : « Moitié homme, moitié robot… » Ma mine perplexe sape légèrement son élan.

– Tu n'aimes pas les bonbons ? Ça ne te tente pas ?

– Non merci, c'est gentil.

Je suis une connaisseuse, de celles qui testent toutes les gommes de pharmacie et ne sortent jamais sans leur bâton de réglisse. En tant que dentiste, j'ai toujours tenu les friandises à distance, qui sont devenues en toute logique mon refuge secret, gentiment illicite. J'ai toujours respecté mon organisme en ne lui offrant que du bonbon de premier choix. Mes filles râlaient parce que leurs « bonbecs » avaient goût de dentifrice, tandis que je m'évertuais en vain de leur enseigner l'amour des bonnes choses. En réalité, ce sont ces fraises chimiques qui recèlent aujourd'hui le goût de leur enfance, celles qu'elles allaient chiper chez le voisin pour les dévorer dans la cour de récréation, les madeleines d'une autre génération. Julien les avale par poignées sans y prêter attention. Le regarder les biberonner ainsi me confère la sensation que mes fraises à moi, il ne me reste plus qu'à les sucrer. Lisant probablement dans mes pensées, il déniche une petite boîte ronde que mon cerveau gourmand identifie immédiatement, envoyant un stimulus à toutes mes glandes salivaires : des pastilles à la violette ! L'autre hémisphère rabat-joie rectifie l'information erronée, en observant la suite du mouvement de Julien, en train d'ouvrir la jolie petite boîte ronde et de s'écrier :

– Merde, c'est vide !

Il est encore plus déçu que moi.

– Quel con, mais quel con !

– Ce n'est pas grave, Julien. Si tu veux, on va en acheter tout à l'heure. J'ai ma petite adresse. Tu m'en diras des nouvelles.

Il a l'air étonné.

– Ah bon…, ben pourquoi pas, Caroline ?

– J'irais même bien maintenant, mais mes vêtements sont trempés.

– Ça dépend, c'est loin ton endroit ?

– Non, faut rouler un peu, mais c'est vite fait.

– Alors, tu n'as pas besoin de te saper pour ça. Je te prête un jean, un pull, et on la joue discrétos.

– Soyons fous, c'est parti.

Il se retourne vers moi avec une étincelle dans les yeux.

C'est stupéfiant ce qu'une simple envie de pastilles à la violette peut créer des liens. L'idée de partager cette pulsion de grand-mère avec lui me permet d'envisager d'autres horizons. L'opportunité d'ouvrir notre relation sur autre chose que le sexe et de lui donner un peu de sens. Prendre l'air, même pour un motif aussi mineur, nous offre l'occasion d'opérer cette transition incommode entre le coït sous la douche et la réalité de notre relation. J'enfile le jean et le pull qu'il me tend en ressemblant à un peintre en bâtiment. Empressé dans ses mouvements, il jette avec hâte un imper sur ses épaules. En sentant le vent s'engouffrer à travers la porte, un soulagement tacite nous envahit tous les deux. Nous rompons le tête-à-tête. Pas besoin de nous expliquer ni d'analyser une situation que nous ne comprenons pas plus l'un que l'autre. Allons chercher des bonbons, nous verrons bien après.

# 19

Ma voiture est garée juste en bas et je ne croise personne dans cette tenue, Dieu merci. Un crachin assez fin accompagne la grisaille de l'automne et nous filons en silence jusqu'à destination. C'est un moment simple et mignon. Une envie commune de fin d'après-midi pluvieux qui nous accorde au diapason. Je me gare en épingle devant ma droguerie, sans couper le moteur, comme si nous allions participer à un hold-up. Une vraie gamine. J'imagine la crise à la maison : « Philippe, il faut que je t'avoue quelque chose, j'ai mangé des bonbons avec mon professeur d'informatique. » Si seulement la vie était aussi simple ! Je confie mon porte-monnaie à Julien, qui reste figé sur le siège conducteur.

– Cela t'ennuie d'y aller, s'il te plaît ? Je n'ai pas tellement envie de descendre dans cette tenue. C'est moi qui offre !

– Euh…, mais c'est peut-être plus simple que ce soit toi quand même, s'il te connaît.

– Enfin, franchement, c'est pareil. S'il te plaît…

Il se dirige timidement vers la boutique. Je ne sais pas d'où proviennent tous ses complexes, mais dès qu'il sort de son appartement, il n'est plus du tout apprivoisé. Et voilà qu'il rebrousse chemin à présent pour cogner à la vitre avec sa mine perdue.

– Caroline, c'est à l'intérieur qu'il faut que j'aille ?

– Ben oui, où veux-tu aller ?

– Non, je ne sais pas, ça m'étonnait.

– Je sais que ça paye pas de mine, mais il n'y a qu'ici qu'on trouve du bio.

– Bon. Ok, alors à tout de suite.

– C'est ça.

Bon sang, mais ça relève du handicap ! Cela dit, il n'y a pas de secret : si un homme de son âge est avec moi, c'est qu'il dysfonctionne ici ou là. Je me moque gentiment de lui en le voyant revenir se rasseoir à mes côtés.

– Ben, tu vois que t'y es arrivé ? C'était quand même pas…

– Ça n'a pas marché.

– Comment ça ? Y en avait plus ?

– Non, c'est pas ça… Je crois qu'il a rien compris, ou alors qu'il a fait semblant de rien comprendre.

– Qu'est-ce que tu racontes ?

– Ou je l'ai fait flipper, je ne sais pas.

– Je ne vois pas bien le rapport là. Bon, j'y vais.

Je prendrais presque peur. Ce garçon est vraiment bizarre parfois. Il a dû rester trop longtemps muré dans sa douleur. Il était comme un môme il y a deux secondes à l'idée de s'offrir un petit plaisir et le voilà tout paniqué, replié dans l'habitacle. Il m'inquiète. Je serre le frein à main, coupe le contact et prends soin au passage de retirer les clés, des fois qu'il lui prendrait l'envie soudaine de me piquer ma bagnole. Tout à coup, je suis envahie par un énorme doute. Et si ce type était un peu fêlé ? Si j'analyse depuis le départ : il pleure, il me saute dessus, il rigole, il fond sur moi à nouveau, il a envie de pastilles à la violette et il n'est même pas fichu d'en acheter. Après tout, je ne sais rien de lui. Il me paraît instable, mais il pourrait très bien être maniaco-dépressif, voire carrément dangereux. Si ça se trouve, je suis passée à côté d'un psychopathe.

Je vais tâcher de savoir comment mon droguiste l'a perçu.

– Bonjour, Maurice, ça va bien ?

– Oh, comme la météo, ça ira mieux dans six mois. Et vous ?

– À peu près pareil.

– Vous êtes en travaux ?

Je marque un temps avant de comprendre qu'il désigne mon accoutrement singulier.

– Ah, oui. Je fais un peu de peinture. Euh, deux boîtes de violettes, s'il vous plaît.

– Ça vous fera sept euros cinquante.

– Alors, il vous en reste. Le client d'avant me disait qu'il n'y en avait plus.

– Ah ben, elle est bonne celle-là. C'est une connaissance à vous ?

– Non, non.

– Ah bon, parce qu'il m'a mis de travers, je vous dis

pas. Il entre, pas bonjour, ni bonsoir ni rien du tout, et il me fait comme ça : « Vous en avez ? » Je lui fais : « De quoi ? » Il me dit : « Vous savez... », en me regardant d'un air entendu, comme si on était cul et chemise, sauf que j'suis pas encore tapé au point de pas distinguer un habitué d'un inconnu. Le gars, il a jamais foutu les pieds ici et il veut que je devine ce qu'il a dans la tête. Le clou sur le gâteau : j'ai pas le temps de lui reposer la question qu'il fout le camp direct. J'ai pas compris.

– Les gens sont bizarres parfois.

– Dans le commerce, on en voit passer. On se croirait chez le psy : y en a qui viennent là pour passer le temps. Ils touchent à tout, soupèsent et puis repartent sans rien, le petit doigt sur la couture du porte-monnaie. L'autre jour, j'ai une dame, elle me demande si elle peut prendre la boutique en photo. Elle s'extasie : c'est trop charmant, ça n'a pas bougé, le grand baratin. Je pose devant la balance à l'ancienne, je lui fais le numéro proprement. Et ben, elle repart vingt minutes après : pas un kopeck, que dalle ! Je vous jure qu'il y en a qui pensent qu'on a que ça à foutre. Mais, merde, y a pas marqué association philharmonique ici ! Les traites, c'est pas avec ça qu'on les arrose, moi je vous le dis.

– Ça va quand même l'activité, avec la crise, ça ralentit pas trop ?

– Ben, plus au ralenti, on s'arrête. Qu'est-ce que vous voulez, c'est nous qu'essuyons les plats en premier, dans le petit commerce. Mais bon, ce coup-là, je crois que les supermarchés vont en prendre un coup dans le moteur aussi et c'est pas moi qui vais pleurer pour eux…

Merde. J'ai lancé monsieur Maurice sur son intarissable couplet poujadiste et je suis coincée pour un petit moment. Après tout, cela me donne le temps de réfléchir au mystérieux cas Julien. Est-il timide et asocial au point de ne pas réussir à formuler ce qu'il veut à un commerçant ? Cela semble un peu gros tout de même. Non, mon cher Maurice accrédite la thèse d'un Julien un peu frappadingue. Il fallait que cela tombe sur moi. Mon premier adultère : un malade mental ! De toute façon, je dois retourner à la voiture, je n'ai pas le choix. D'habitude, lorsque j'ai peur, j'appelle Philippe à la rescousse, mais par quels mensonges parviendrais-je à lui expliquer que mes vêtements ont atterri dans la salle de bains de ce monsieur ? Je me suis mise dans la panade toute seule, il faut que je m'en sorte comme une grande. D'ailleurs, je vais un peu vite en besogne et mes raisonnements ne tiennent pas tellement debout. Julien est inconséquent et inconstant, mais ce n'est pas suffisant pour le classer parmi les serial killers. Du haut de ses soixante ans, mon imagination s'emballe toujours aussi vite.

J'interromps le saint homme :

– Bon, il faut que je vous laisse.

– Alors, au plaisir, Caroline, au plaisir.

Julien me dévisage à travers le pare-brise avec anxiété.

– Alors, c'est bon ?

J'essaie de paraître décontractée en allumant le contact. Il ne faut pas manifester de signe d'angoisse dans ma réponse. Après tout, il était adorable tout à l'heure. Tout le monde a le droit d'avoir une petite absence. Il ne faut pas en tirer de conclusions trop hâtives. Je lui réponds tranquillement :

– Oui oui, j'ai pris deux boîtes.

– Désolé. Je m'y suis mal pris. Je n'étais pas sûr de moi.

– Ce n'est pas grave. Tu vois, on y est arrivés.

– Ouais, c'est cool. Merci. D'ailleurs, tu ne veux pas qu'on se fasse ça maintenant ?

– Eh bien, vas-y, oui bien sûr, sers-toi.

Je garde les yeux rivés sur la route. Je suis en train de me monter un film toute seule. Il n'y a aucun risque patent, mais je demeure aussi prompte que dans l'enfance à me créer des peurs idiotes et infondées. Comment ai-je pu si peu progresser sur ce terrain ? Merde, voilà qu'il explose de rire à présent. Il se contorsionne dans la voiture sans aucune raison. Il faut que je continue à fixer la chaussée, sans m'alarmer. Laissons l'hystérie passer tranquillement.

– Ha ! ha ! ha ! Caroline, mais... je crois qu'on ne s'est pas bien compris...

Ne pas répondre. Nous arrivons bientôt. Il glousse en sautillant sur le siège passager et je n'ai pas du tout envie de me marrer, tandis qu'il hoquette entre deux éclats de rire :

– Excuse-moi, je me moque pas de toi, mais c'est trop fort... C'est de ça que tu parles depuis le début, de bonbons à la violette ?

– ...

– Pardon, Caroline, mais la boîte de bonbons à la maison, c'est ma boîte à beuh.

– …

– Pour mon herbe ! La fumette ! C'est pour ça que j'étais dégoûté tout à l'heure. Et c'est pour ça que je n'osais pas dire au commerçant…

Il ne retrouve pas son souffle. Et moi, je rembobine à vitesse grand V. La bonne nouvelle, c'est que son cas n'est pas irrécupérable, la mauvaise, c'est que le mien, si. Nous vivons effectivement sur deux planètes différentes. La preuve vient de nous en être apportée. Retour à la case départ : chacun ses bonbons. Tant pis.

Il achève de se gondoler, tandis que je noircis ma langue d'une dizaine de petits carrés pour me remettre de mes émotions. S'il savait ce que j'ai imaginé.

– Caroline ?

– Oui ?

– Je peux te demander un service ?

– Ça dépend.

– Maintenant que t'as ta came, je pourrais avoir la mienne ?

– C'est-à-dire ?

– Tu pourrais me conduire ? Mon adresse à moi est à côté.

– Écoute, je ne sais pas trop…

– S'il te plaît. Il y en a pour deux minutes, et dans une demi-heure, ce sera trop tard, il sera parti. Entre drogués, faut se serrer les coudes, non ?

– C'est ça oui. Bon, soit, allons-y.

# 20

Pourquoi suis-je toujours dans le rôle du chauffeur ? Avec Julien, ce n'est pas : « Maman, tu m'emmènes au lycée ? », mais « Maman, tu peux me conduire chez mon dealer ? »

En effet, sa caverne d'Ali Baba n'est pas très loin. Je me gare à quelques mètres d'une cabane de pêcheur abandonnée, située derrière la criée, évidemment déserte à cette heure-là. L'endroit n'est pas vraiment accueillant et je comprends qu'ici on n'annonce pas la commande au fournisseur en gueulant à la cantonade. La maison requiert un peu de discrétion. J'ignorais de quelle manière pouvait se dérouler un deal de shit. J'aurai au moins appris quelque chose aujourd'hui.

Julien s'engouffre sous le petit abri de fortune, pour en ressortir moins de trois minutes après. C'est en effet un service à la personne rapide et performant. Il rejoint la voiture d'une démarche désinvolte en regardant vaguement le bout de ses chaussures, manifestement coutumier du fait. Au moment où il pose la main sur la poignée de la portière, il sursaute et se retourne. Derrière lui, j'aperçois un type sortir de la cabane en sprint. Une seconde plus tard, deux flics surgissent de derrière le cabanon. Puis tout s'accélère. Ils le coursent en frôlant mon pare-chocs pour le rattraper. Julien et moi sommes aux premières loges. Il a tout juste le temps de monter dans la voiture et de me crier : « Démarre ! » que le dealer est déjà arrêté. Trop tard… Un des deux flics revient sur ses pas en courant, nous sommant de descendre sur-le-champ. Julien pâlit. La scène est irréelle. Plus que jamais dans toute mon existence, j'ai l'horrible impression de ne pas être dans le bon décor. Ce n'est pas vrai ! Ouverture des portières, mains sur le capot, fouille improbable, brusque, ordonnée. La nuit est en train de tomber sur ce quai désaffecté et l'atmosphère de film noir arrive presque à me convaincre que j'ai mal agi. Le seul délit dont je sois coupable, c'est l'adultère, et il ne mérite pas la prison. Ils sortent un petit sachet de la poche de mon jeune délinquant, avant de le lui coller sous le nez. J'entends les paroles du flic au loin dans le talkie-walkie, parmi lesquelles j'identifie les mots « flag, stups, au coffre… ». Je n'évolue pas dans mon domaine de compétences, mais cela ne présage rien de charmant. Je n'ai évidemment pas de drogue sur moi. Cependant, Julien se trouvait dans ma voiture au moment de l'arrestation et il est indéniable que j'ai joué les chauffeurs pour la livraison. Je commence à frémir, alors que les policiers s'activent autour de nous.

Je me retrouve assez rapidement assise à l'arrière de leur véhicule banalisé. Ils sont très pros, très prestes, très précis dans leurs gestes. Je suis tellement abasourdie que mon appréhension des événements se floute progressivement. Je ne croise le regard de personne, j'entends des bribes, je sursaute ici ou là, obéissant aux injonctions dont on m'assaille. Bientôt, nous démarrons et prenons de la vitesse. L'atmosphère s'apaise. Les deux flics à l'avant ne jouent plus aux cow-boys et semblent oublier notre présence. Leur radio grésille allègrement, alors qu'ils papotent comme deux collègues de bureau. Le premier est emmerdé parce que son parquet flottant n'est pas aussi acajou qu'il le souhaitait. Le deuxième lui raconte qu'il a essuyé les mêmes déboires en posant sa frisette.

– Avec leurs putains de néons, on apprécie mal les couleurs.

– Faut prendre un échantillon et le regarder à la lumière naturelle. Sinon, à tous les coups, tu te fais avoir.

Leurs voix se mêlent ainsi à la mélodie monotone de leur CB. Sans les tremblements de Julien et l'apparition incongrue des menottes à nos poignets, nous pourrions nous croire sur la banquette arrière d'un taxi. Cependant, je ne peux ignorer le pistolet accroché à la ceinture du conducteur, ni la certitude qui me hante et me bloque l'abdomen. Je file droit au poste, accoutrée d'un jean et d'un pull d'homme, les cheveux mouillés flottant le long de ma nuque défraîchie. Et si je leur recommandais des teintes formidables de frisette ou de parquet ? Et si je feignais de m'intéresser à leurs histoires de décoration intérieure ? Ils se rendraient compte alors que je suis incapable de rouler un joint ou même de distinguer une planque à shit d'une boîte à bonbons. Ils m'adresseraient quelques vannes sympathiques, sans que j'en prenne ombrage : « Ah, quelle histoire ! Vous êtes vraiment comique vous alors ! Dire qu'on a failli vous coffrer ! » Et nous ririons de concert.

La voiture quitte l'avenue principale et vient se garer sur les places réservées striées de lettres majuscules et dissuasives : POLICE. Bien. Je crois que nous y sommes. Les portières claquent. Mes deux compères saluent un type et échangent quelques mots que je ne parviens pas à distinguer. Vu leurs mines réjouies, l'ambiance est bonne et la journée pépère poursuit son cours ordinaire. En nous ordonnant de sortir du véhicule, les deux shérifs s'efforcent d'avoir des accents plus sérieux. Au fond, je vois bien qu'ils se moquent éperdument de nous. Ce qui leur importe, c'est l'autre voiture, celle où se trouve le dealer qui avait probablement plus de matériel sur lui. Julien ne cesse de répéter qu'il n'a pris « qu'une barrette » et qu'il n'en achète pas tous les quatre matins. Je n'écoute pas ses jérémiades. Eux non plus d'ailleurs. Je reste muette, espérant recouvrer dans le silence un peu de dignité. Je traverse un couloir en sentant les regards se coller sur ma peau. J'avance, tête baissée, réfléchissant à la manière dont je vais pouvoir me sortir de là, sans que Philippe l'apprenne. Je me concentre sur moi, mon honneur, qu'il va falloir sauver. Comment ramasser au plus vite les morceaux de Caroline ? J'ai l'impression d'en semer un peu partout depuis ce matin. Où chercher en premier ? Dans la boutique de lingerie, dans les Jardins de

Maeva, dans la pataugeoire, dans la salle de bains de mon amant, dans l'épicerie de Maurice ou dans cette cabane de pêcheur, repaire du dealer du quartier ? Où suis-je là-dedans ? Vaste question. Julien s'assied à côté de moi et la longue attente commence. Il rumine, marmonnant des paroles incompréhensibles, avant de prononcer sa première phrase distincte depuis l'incident :

– Caroline, je suis désolé.

– Cherche des solutions, plutôt.

– Justement : tu m'as déposé, je t'ai dit que j'allais chercher…

– Du poisson ! On n'a qu'à dire que tu allais chercher une bonne petite sole chez ton dealer de poisson et que je t'ai cru comme une grosse conne. C'est super bien ça, non ?

– Écoute, je comprends que tu m'en veuilles. C'était pas une bonne idée de t'emmener là, mais je t'assure que d'habitude…

– Chut. S'il te plaît. J'essaie de ne pas m'énerver. Je déteste les gens qui disent : « Mais tout le monde le fait et il n'y a jamais de problème. » C'est tombé sur toi, voilà. Assume maintenant. Nul n'est censé ignorer la loi. Alors, on dit la vérité. Point barre.

Saisissant que je n'entends pas polémiquer sur les événements, il retombe dans le mutisme. Les minutes s'écoulent aussi lentement que le sang dans nos veines. Nous savons qu'il n'y a pas mort d'homme, mais nous mesurons la portée symbolique de ce retournement de situation. C'est l'heure du bilan, du regard dans le rétroviseur. Reste à réparer les dégâts, à dresser le constat et à repartir de zéro.

– Je vais retourner en Savoie.

Julien semble davantage s'adresser à lui-même qu'à moi en poursuivant :

– J'ai un cousin qui a un hôtel à Chamonix, il m'a proposé de l'aider à le gérer. Je vais accepter. Je ne peux pas fuir la montagne indéfiniment. Ça n'a pas de sens.

– Tu as raison.

Il est stupéfait que quelqu'un lui réponde. Il ne s'y attendait plus, je crois.

– Tu penses aussi ?

– Je pense que la fuite est un merveilleux dédale, mais que c'est la pire des façons d'essayer de se retrouver.

– Pardon de t'avoir embarquée là-dedans.

– Ne t'en fais pas.

Je pose ma main sur la sienne. Il la serre, malgré les menottes, qui ne rendent pas le mouvement très naturel. J'accepte ses excuses. Je ne le retiens pas. Personne n'est à blâmer. Nous prenons la bonne décision. Tout en pudeur. Nous restons l'un contre l'autre, silencieux, occupés à nous dire adieu.

La porte en face de nous s'ouvre soudain et nos mains se séparent. Une policière conduit une jeune fille encore plus décoiffée que moi vers la sortie, devançant un grand échalas qui n'a p… oh, mon Dieu : Nicolas ! Que pouvait-il m'arriver de mieux ? Mon imbécile de gendre avance vers moi, les yeux rivés sur mes menottes.

– Caroline, mais qu'est-ce que vous faites là ? Ça va ?

Je prie pour qu'il n'ait pas aperçu nos mains se délier précipitamment lorsque la porte s'est ouverte. Je prie pour que tout cela s'arrête, qu'on me laisse rentrer chez moi et qu'il ne me pose pas trop de questions.

– Ça va, merci. Quelques déboires, mais rien de grave, ne t'en fais pas.

– C'est-à-dire ?

Je m'apprête à répondre, mais la policière, déjà de retour, me coupe dans mon élan :

– Bon, levez-vous et suivez-moi.

Nicolas panique. Pour la première fois depuis que je le connais, il n'a pas la réponse idoine dans son petit cartable. Le cas : « Vous croisez votre belle-mère en garde à vue » ne devait pas être prévu dans son manuel de savoir-vivre. Il bafouille :

– Vous avez besoin d'un avocat. Je viens avec vous.

– Non, je vous assure, ce n'est pas nécessaire, je vais régler ça toute s...

– Bon, je serais vous, je laisserais maître Ferran me défendre. Vous vous connaissez ? demande la flic.

Il faudrait qu'elle perde cette habitude de me couper le sifflet à chaque fois que je veux prendre la parole. Nicolas, tout gêné, s'empresse de répondre en toussotant :

– C'est la mère de mon épouse.

– Eh ben..., se contente-t-elle de répliquer en fronçant les sourcils d'un air de dire : « De nos jours, même les vieux ne savent plus se tenir. »

Si je laisse l'interrogatoire progresser ainsi, je vais me sentir obligée de lui donner raison, en lui montrant qu'il n'y a effectivement plus de vieillesse. Je suis quelque peu nerveuse à l'idée de me faire balader par cet adjudant-chef au rabais qui affiche un air supérieur et satisfait devant moi. Primo, on ne se connaît pas. Deuzio, elle n'est même pas ménopausée. Tertio je refuse de recevoir des leçons de la part d'une femme qui ne prend même pas la peine d'épiler sa moustache.

– Bon, asseyez-vous.

Elle commence toutes ses phrases par « bon » et ce simple détail me donne d'emblée envie de lui rentrer dedans. À quoi ça sert ce « bon », sinon à asseoir ses phrases dessus et à se donner l'illusion d'être autoritaire ? Elle me prend de haut et je n'apprécie pas du tout.

– Cela vous ennuierait, madame, de me dire s'il vous plaît ?

Nicolas m'interrompt à son tour, affolé à l'idée que je refasse Mai 68 sous ses yeux : son pire cauchemar.

– Pouvez-vous inscrire que je suis son avocat ?

Je suis estomaquée par son aplomb, mais après tout il va empêcher la situation de s'envenimer et je n'ai certes pas besoin d'aggraver mon cas.

– Bon, vous êtes d'accord ?

– Oui, madame.

– Bon, mais il va falloir changer de ton avec moi. C'est pas un salon de thé ici.

Nicolas me supplie du regard de me taire. Il me distrait tellement que je préfère ne pas riposter à la bêtise de l'autre. Qu'est-ce que ma fille adorée peut trouver à cette grande courge engoncée dans ses principes proprets ?

Quel dommage, mais quel dommage ! J'ai tellement hâte que l'on en finisse, que je réponds à toutes les questions et fais tout comme la madame me demande, remplissant vaillamment les blancs de son joli dossier : « Bon, prénom, bon, nom, bon, adresse… » C'est fou ce que ces informations censées me définir et m'identifier ne racontent rien sur moi. Les fiches d'état civil sont une gigantesque escroquerie. Par exemple, à « situation de famille », elle note : « mariée, deux enfants », mais c'est un peu plus compliqué que cela, je regrette. C'est pourtant tout ce que l'État retiendra de moi après ma mort : des numéros et des cases cochées.

C'est terriblement ennuyeux cet interrogatoire. Je m'attendais à quelque chose de plus cinégénique, de plus rock'n'roll. Tu parles. Je m'endors en attendant que la sentence tombe, tandis que Nicolas suit attentivement le match. Je raconte les faits en simplifiant légèrement le récit : j'ai accepté de déposer cet homme en voiture et il m'a demandé si je voulais bien faire un petit détour. À la question : « Saviez-vous pourquoi ? », je réponds « Oui », et ses sourcils de prédateur se dressent sur son front en signe de victoire. Elle m'horripile, c'est épidermique. Je ne dissimule pas la vérité, parce que je ne souhaite pas que Julien récolte plus de problèmes qu'il ne le mérite. Je le savais et j'y suis allée en conscience. À la question : « Aviez-vous l'intention d'en consommer avec lui ? », je réponds « Non ».

– Pourquoi ? insiste-t-elle

– Parce que j'avais mes bonbons à la violette.

– Vous vous foutez de ma gueule ?

– Absolument pas.

Nicolas se trémousse sur son siège à côté et se charge de remettre la discussion sur des rails plus conventionnels. Je n'ai pas pu réprimer un sourire en évoquant cette histoire de bonbons. Il nous sort l'attirail du parfait avocat, en arguant que l'on ne peut parler de complicité en la matière, jouant à fond la carte de la grand-mère respectable qui me donne envie de lui coller mon poing dans la figure, mais qui obtient un franc succès chez la moustachue. Elle ne veut cependant pas évacuer trop vite la possibilité que je couvre un petit trafic local. Je suis très flattée qu'elle m'accorde enfin un peu d'intérêt en me prêtant un statut de mafieuse en jupons.

La tournure surréaliste que prend l'interrogatoire commence à m'amuser. Nicolas plaide toutes les circonstances atténuantes possibles et imaginables, risquant sa respectabilité dans cette affaire et n'entendant pas offrir à sa belle-doche l'occasion de bafouer une réputation durement acquise. Nous devons attendre que la déposition de Julien soit dûment enregistrée, afin de voir si nos témoignages respectifs concordent. Si j'ai bien compris, ils ne devraient pas avoir besoin de procéder à des fouilles complémentaires et le dossier pourrait être soldé en ce qui me concerne, sans amende ni entache à mon casier judiciaire, dernier bastion encore vierge de ma pauvre petite existence. « Bon », nous dit la policière pour conclure ce moment d'anthologie.

Nous sortons de la pièce calmement. Nicolas va donner quelques coups de fil urgents à son cabinet. Je me rassois quant à moi dans le couloir, où Julien me rejoint bientôt. Il ne baisse plus les yeux. Quelque chose en lui se déplace à son insu. Il se muscle. Il ne s'excuse plus d'être là. J'aimerais lui dire que tout cela n'est pas très sérieux, qu'au fond cela m'amuse presque, qu'il ne s'en fasse pas trop, mais je ne voudrais pas lui ôter cette étoffe nouvelle. En fait, la force lui va bien aussi. C'est joli ce sursaut conquérant et cette virilité insoupçonnée qui crie dans chacun de ses gestes : j'ai décidé d'affronter la situation, j'assume, je suis une grande personne. Je le regarde avec étonnement. Peut-être déjà aussi avec nostalgie. Sa voix va chercher des notes graves pour me demander :

– Alors, ils t'ont crue ?

– Oui, parce que mon gendre m'a accompagnée. Normalement, c'est bon pour moi.

– C'est ton gendre le type qui est sorti du bureau tout à l'heure ?

– Malheureusement, oui.

– Merde…

– Oui.

– Qu'est-ce que tu lui as raconté ?

– Le moins possible.

– Bon…

– Ah non, tu ne vas t'y mettre toi aussi !

– À quoi ?

– Non rien, ma flic avait des tics de langage légèrement irritants.

– Le mien était plutôt sympa, mais tu vois, au final, je passe quand même au tribunal.

Étrangement, il paraît moins démoralisé qu'avant. C'est la fin d'un cycle. En touchant le fond, on a enfin le sentiment rassurant de commencer à remonter vers la surface. Julien sait mieux que quiconque qu'il y a des choses plus graves. Quant à moi, je suis semble-t-il tirée d'affaire sur le plan juridique et je me concentre déjà sur le déroulement des opérations suivantes. Cette histoire doit rester classée sans suite. Il faut que Nicolas garde cela pour lui, ce qui ne va pas être une mince affaire. Je n'ai aucune envie de mêler mes filles et mon mari à cet imbroglio. Julien s'inquiète encore :

– Pour tes affaires, je te les rapporte quand ? Dis-moi, je m'en occupe.

– Je ne sais même pas comment récupérer ma voiture, alors…

C'est justement ce dont vient me parler la Moustache, prompte à m'annoncer des mauvaises nouvelles :

– Bon, vous pouvez partir. Votre véhicule a été mis en fourrière. Le numéro vous sera donné à l'accueil. Au revoir.

Elle claque des talons, sans attendre que je la salue à mon tour, probablement agacée de n'avoir aucune charge à retenir contre moi.

Julien dit aussitôt :

– Pour la voiture, je paie évidemment. Je…

Nicolas revient vers moi d'un pas pressé et ne lui offre pas l'occasion de m'en dire plus.

– C'est bon, vous pouvez y aller, Caro. On vous l'a dit au moins ?

– Oui, merci Nicolas. Vous me déposez ?

– Non, je dois foncer au bureau, mais Lise arrive d'une minute à l'autre.

– Pardon ? Lise est au courant ?

– Bien sûr, elle est en route.

– Mais je ne vous ai pas demandé de l'appeler.

– J'ai pensé que c'était le plus simple.

– Si vous trouvez ça simple, alors c'est bien.

– Écoutez, Caroline, je fais de mon mieux, et sans mon intervention, vous pouviez répondre de complicité, alors…

– Merci, Nicolas. Je n'en demandais pas plus, mais merci.

Une brise glaciale clôt la conversation. Je suis très ingrate envers ce jeune homme. Depuis le premier jour, je le rejette parce que je ne comprends pas comment Lise, si farouche, si vivante a pu échouer dans les bras d'un homme comme lui. Cela n'étant pas mon problème, d'ordinaire je m'efforce de rester affable et compréhensive à son égard. Mais son absence totale de psychologie féminine me pousse parfois dans mes retranchements. Je refoule donc mes envies de lui avouer ce que je pense depuis longtemps et me rassoit sagement à côté de Julien en attendant ma fille. Nicolas le salue d'un « monsieur » relativement froid, avant de nous quitter d'un pas de jeune cadre dynamique en retard dans ses obligations quotidiennes.

– Je vais attendre ma fille dehors. Ça nous évitera de faire les présentations.

– Je comprends.

– On s'appelle tout à l'heure pour les vêtements.

– Ok.

Je plonge dans le vert sombre de ses yeux, peut-être pour la dernière fois, et il me dépose un minuscule baiser au coin des lèvres. Joli point d'orgue à nos pérégrinations amoureuses. Malheureusement, lorsque je tourne la tête, c'est Lise que j'aperçois au bout du couloir, ignorant si elle a pu apprécier l'ambiguïté de ce geste. Ma fille court vers moi comme si j'avais failli mourir.

– Maman, ça va ? J'ai eu peur quand Nico m'a appelée.

– Ben, tu vois, on me laisse sortir et en un seul morceau.

Elle examine mon accoutrement d'un drôle d'air tout en observant Julien du coin de l'œil, attendant probablement un signe de ma part, qui ne vient pas. Je reste digne malgré le léger flottement. Pitié, pas de vaudeville ! Par miracle, Julien entend mes supplications muettes et réagit au-delà de mes espérances :

– Allez-y, madame, c'est moi qu'ils veulent de toute façon. Ils vous font la leçon : c'est pas bien de prendre n'importe qui en stop et blablabla, mais tout le monde s'en fout. Au final, c'est moi qui plonge. Vous n'y êtes pour rien. Vous en faites pas pour moi. Il m'en faut plus pour m'abattre.

– Bien. Bon courage, monsieur.

Je bredouille ma réponse sans certitude que la scène sonne juste. Je ne le croyais pas capable de panache. Il a l'air aussi stupéfait que moi. Nous nous quittons sur cette bonne surprise. Tant pis. Tant mieux. Lise lui jette un regard dédaigneux, avant de lancer d'autorité :

– C'est bon, on y va maman ?

– Oui, je suis prête.

Je pense : Au revoir, Julien, émue, perdue. Mais je marche sans me retourner.

# 21

Ma fille me devance. Elle est garée juste en face, en double file. Il y a de l'urgence dans sa démarche, la volonté de gérer la situation en adulte. On dirait une scène de crime. C'est ridicule. Je suis furieuse qu'elle soit au courant de cette incartade, mais je m'insurge plus encore en trouvant Rebecca sur le siège passager.

– Lise m'a appelée, maman. Qu'est-ce qui t'est arrivé ?

Il ne manquait plus que cela.

– Vous avez averti la presse ou il faut que je m'en charge ?

– Ce n'est pas le moment de faire de l'humour, maman. On s'est vachement inquiétées.

– Mais je n'ai jamais demandé à Nicolas de vous prévenir, moi.

– Parce que tu nous aurais caché ça ?

– Et pourquoi pas ?

Outrées, elles marquent une courte pause et j'en profite pour leur indiquer la direction :

– Nous passons par la fourrière, s'il vous plaît, mesdames.

– Ils t'ont embarqué ta voiture ? T'étais mal garée en plus ? me reproche Rebecca, comme si elle parlait à sa fille.

– Ils m'ont offert un voyage en voiture banalisée, je n'ai pas pu refuser.

– C'est totalement dingue, ma mère s'est fait choper par les stups. C'est totalement dingue !

Lise a presque des accents de fierté dans la voix. Elle doit déjà s'imaginer raconter à toutes ses copines : « Tu ne connais pas la dernière de ma mère... », et ses amies de renchérir : « Attends de savoir ce que la mienne m'a fait... » Je n'ai pas envie qu'elles aillent étaler mes turpitudes de jeune retraitée. Il est temps qu'elles acceptent mon émancipation.

– Alors, raconte maintenant, me demande Rebecca.

– Écoutez, les filles, j'ai bientôt dix-huit ans, vous ne croyez pas que j'ai le droit à un peu de liberté ?

– Excuse-nous de nous en faire pour toi. C'est quoi ce délire, franchement ? Depuis quand tu prends des pauvres types en stop ?

– Il m'avait l'air très bien. Il l'est d'ailleurs. On n'a pas eu de chance, c'est tout.

– Maman, qu'est-ce qui t'arrive ? On ne te juge pas. On veut juste que tu sois heureuse, nous, c'est tout.

Je déteste quand Rebecca emploie ce ton de curé avec moi.

– Eh bien, vous savez quoi ? Le chemin pour y arriver, je vais le trouver toute seule.

Lise, susceptible comme à l'accoutumée, appuie sur l'accélérateur pour signifier sa désapprobation, tandis que Rebecca attend avec une moue boudeuse que l'atmosphère redevienne propice aux confidences. Elles me culpabilisent, chacune à leur manière. Leur petit jeu est très au point. Elles tireront sur la corde sensible jusqu'à ce qu'elle cède. Je les connais par cœur. Elles sont coriaces. Et puis merde, qu'on en finisse !

– J'ai couché trois fois avec ce jeune homme et c'était follement bon. Ça vous va ?

Elles sont à la fois estomaquées, curieuses et terrorisées. Je lis dans leurs yeux des interrogations contradictoires. Je sais que je leur en ai trop dit. Quoi qu'il en soit, cette explication est nécessaire. Mes filles doivent cesser de me materner et de prétendre me connaître. Elles sont suspendues à mes lèvres tandis que je poursuis :

– Vous voyez, je porte ses vêtements trop grands. Je sais que je n'ai l'air de rien mais je ne me suis jamais sentie aussi joyeuse. Il s'appelle Julien. Votre âge à quelques mois près. Il est prof d'informatique à Nouvel Âge. Je vous rassure, je n'ai fait aucun progrès dans cette matière. Mais je vous remercie vraiment de m'avoir inscrite à ce cours.

Lise se gare sur le bas-côté, incapable de conduire et impatiente de balbutier sa question suivante :

– Mais tu l'aimes ?

Les voilà paniquées à l'idée que leurs parents divorcent !

Elles réclamaient des aveux, elles sont servies. Je vais leur apprendre à respecter les aînées, moi.

– On se connaît à peine.

– Tu as carrément un amant, quoi ! articule exagérément Rebecca.

– En quelque sorte, oui. Mais cette histoire vient probablement de se terminer très chastement dans le couloir d'un commissariat. Tout va bien.

– Tout va bien ! m'interrompt Lise, bouche bée.

– Oui, étonnamment ce soir, mieux que depuis des mois. Vous savez, je vous ai maudites avec ce cadeau Nouvel Âge. Faites pas cette tête-là. Autant que vous le sachiez : c'est pas facile de vieillir, mais ça ne se résout pas avec des cours de poterie. Mieux vaut vous y résigner tout de suite. La meilleure façon de pousser quelqu'un à faire n'importe quoi, c'est de régenter sa vie. Alors s'il vous plaît, lâ-chez-moi-deux-minutes, ok ? Vous me donnez le sentiment d'être sénile en organisant mes après-midi et en me gavant d'activités pour ne pas que je m'ennuie. C'est bien de s'ennuyer, de méditer, de se demander qui l'on est, de se tromper. C'est bien d'avoir enfin quelques heures pour soi, totalement vides et vacantes. Je vous aime plus que n'importe qui, vous êtes là pour moi et heureusement, mais je ne suis pas uniquement votre mère, l'épouse de votre père ou la grand-mère de vos enfants, j'ai aussi besoin d'exister en temps que femme.

– On ne le nie pas du tout, maman, me rétorque Rebecca.

– Si. Totalement. Et probablement inconsciemment.

Alors voilà, j'ai eu besoin de me prouver des choses ces derniers temps. C'est dur de renoncer à un métier, à un statut social, à un corps qui ne vous permet plus de séduire comme avant. Mais je ne veux plus que vous guettiez le moindre signe de dépression chez moi. Je m'occupe de moi toute seule. Ce n'est pas une petite mort. Je ne veux pas d'ersatz de ma vie d'avant, rempli à ras bord. Aussi stupide que ça paraisse, je crois qu'il suffit de se réinventer. Je ne suis pas certaine d'y arriver, mais je m'y emploie. Et si j'ai acquis une conviction, c'est que personne ne peut m'y aider.

– Et papa ? poursuit Lise.

– Quoi papa ?

– Tu vas lui dire que tu l'as trompé ?

– À votre avis ?

Elles n'osent répondre à ma place et je laisse les points de suspension les reposer du choc émotionnel qu'elles viennent de recevoir. Elles demeurent coites, en proie à une perte de repères vertigineuse. J'y suis allée un peu fort, mais mon salut est à ce prix.

Je poursuis :

– J'ai passé une journée abracadabrante, mais ce soir, j'ai enfin l'impression d'arriver quelque part.

– À la fourrière ? persifle Lise en entrant dans l'enceinte peu avenante de l'établissement.

Inutile de relever son ironie. Touchée, coulée, peu m'importe, j'ai balancé ce que j'avais à dire. Qu'elles en concluent ce qu'elles désirent. Ma Smart se terre dans le coin le plus lugubre du parking. L'heure des mamans est passée depuis longtemps et la plupart des conducteurs sont déjà venus chercher leurs véhicules abandonnés. L'air est vif dehors, mais l'atmosphère de gare désaffectée ne me déplaît pas. En ouvrant la portière, je tends mon visage au vent froid et hostile. Il réveille, vivifie, bouscule. C'est bon. Avant que je ne descende pour regagner ma voiture, Lise rompt le silence de mauvaise grâce :

– Au fait, j'allais oublier. Papa n'arrivait pas à te joindre sur ton portable. Je ne lui ai rien dit, je ne voulais pas l'inquiéter. Il voulait te prévenir qu'il est coincé au bureau jusqu'à dix heures minimum, que tu ne l'attendes pas pour dîner.

– Bien.

– Tu veux manger avec nous ? me propose Becca, penaude.

– Non merci, j'ai envie d'être un peu seule, mes chéries.

– Message reçu, répond Lise.

– Merci… alors bonsoir.

– Bonsoir, maman. Prends soin de toi… enfin, si tu veux…, me glisse Becca furtivement.

Je retrouve avec bonheur mes violettes abandonnées sur le tableau de bord. Trois sous la langue et deux dessus feront l'affaire. Je démarre. Il y a si longtemps que je n'ai pas eu envie de rentrer chez moi. Enfin seule. Je me hâte, pressée de me retrouver. Je vais allumer un feu et me blottir tout contre. Rêver un peu. Dénicher un bon vieux roman oublié dans la bibliothèque. Croire que tout est encore possible.

Je quitte la fourrière, je reprends mes esprits, j'appuie sur « on » et Nostalgie beugle aussitôt un rassurant, délirant et régénérant « Queeee je t'aiaiaiaiaiaime, que je t'aime, que je t'aimeeeeeeeee, que je t'aime, que je t'aime, que je t'aimeee »…

## 22

Je ne suis pas mécontente de quitter son jean et son pull de marin d'eau douce. Un costume tout de même un peu grand pour moi. Une relation pas à la bonne taille ? Dans le miroir, je me ressemble à nouveau. Ma jupe droite légèrement fendue découvre le départ de ma cuisse gauche. Mon chemisier bleu flotte au-dessus comme un drôle d'étendard. Le reflet est fidèle : des fondations solides sous un linteau chancelant. J'accepte l'image. Je suis tout cela, c'est vrai. L'alliance est précaire, mais l'équilibre possible. Une girouette posée sur le toit d'une église. Si seulement je savais d'où vient le vent.

Je sens encore la main de Julien sur la mienne. Sa maladresse résiduelle, ses certitudes balbutiantes. Un langage, au-delà du sexe et des mots. C'était presque plus impudique que de me faire l'amour sa manière de me défendre tout à l'heure, de se dépasser pour moi, de prendre sur lui. Nous nous sommes arrêtés sur le seuil de notre histoire. Deux sourires embêtés sur un paillasson. C'est sûrement mieux ainsi. Il a une vie à reconstruire. Pour moi, c'est différent. Je joue contre le temps.

J'ajoute des bûches pour entendre la cheminée crépiter. Je me laisse absorber par ma lecture. Relire un roman, c'est retrouver des amis. L'histoire est écrite d'avance et réserve assez peu de surprises, mais on est toujours content de se revoir et de se tenir un peu compagnie. L'avantage, c'est qu'on peut partir avant le dessert ou passer les chapitres qui ne nous emballent pas. Je saute les pages, je reviens en arrière, j'ai tous les droits sur mon auteur. Je suis chez moi dans cette histoire. Je mordille le bout de ma couverture en parcourant les dernières phrases. Ce n'est pas aussi vivace que la première fois, mais toujours aussi beau. Adolescente, je rêvais qu'un tel homme puisse exister. Aujourd'hui, je suis heureuse de ne le trouver nulle part ailleurs que dans ce livre. Le feu s'éteint doucement dans le foyer. Je ne suis pas très douée pour relancer la flamme. Je souffle trop ou pas assez. Ce n'est pas mon rayon. Philippe saurait le ranimer, mais il ne rentre pas. Il est presque vingt-trois heures. J'aimerais qu'il vienne maintenant, qu'il réchauffe la pièce et mon cœur égaré. Je divague face aux braises, qui disparaissent peu à peu devant moi.

Le téléphone sonne au moment où mon humeur commence à s'assombrir. C'est lui. Il a compris.

– Mon amour ?

– Euh… non… c'est Roger.

Quelle conne. Avec ma cheminée et mon livre de jeune fille, je déraille. Il poursuit :

– Désolé, j'appelle tard. Je voulais juste savoir si tu pouvais passer me conduire à Nouvel Âge demain. J'ai pété mon joint de culasse.

Chauffeur. Les gens me considèrent décidément comme un chauffeur.

– Écoute, Roger, je veux bien te rendre service, mais je comptais justement arrêter.

– De rendre service ?

– Non, les cours, Nouvel Âge, tout ça…

– Ah…

– Je vais peut-être continuer la chorale, mais c'est tout.

– T'y as pas trouvé ton compte ?

– Je ne sais pas.

– C'est dommage. On se marrait bien quand même.

– C'est vrai.

– Et puis, tu sais ce que j'aime bien chez toi ?

– Non.

– T'étais pas là pour te caser.

Je fais gloups en guise de réponse, mais il ne le remarque pas.

– Pour la moitié des femmes là-bas, c'est la chasse à courre. Soit tu viens en couple, soit t'es sur le pied de guerre. Toi c'était pas pareil. Ça reposait.

– Tu sais que Sylviane est avec Hugues ?

Je ne devrais pas balancer les copines, mais ça détourne la conversation et un potin n'est jamais désagréable à partager.

– Oh, je me doutais. Ça fait un moment qu'ils se tournaient autour. Hugues a la cote de toute manière. Voilà bien un truc qui n'a jamais changé depuis notre jeunesse : la guitare, ça attrape tout ce qui passe.

– Je suis contente pour Sylviane.

– Hugues va devoir s'acheter des talonnettes, mais sinon ça peut marcher.

– Et toi ?

– Quoi moi ?

– Tu n'as pas envie de refaire ta vie ?

– Oh, je ne suis pas très fan de l'expression. Ma femme est toujours dans ma vie. Je refais rien sans elle, moi. Maintenant, si j'en rencontre une autre, pourquoi pas ? Mais ça ne remplacera jamais, ce sera juste une suite un peu moins triste.

Il continue, embarrassé par le silence au bout du fil :

– Alors, pour demain, je m'arrange autrement, c'est ça ?

– Non, je passe te prendre, pas de souci.

– C'est vrai ? Merci !

– Je t'en prie.

– Donc, tu continues.

– Je ne sais pas encore. Au moins, je pourrai l'annoncer aux autres et je ne m'enfuirai pas comme une voleuse. Et puis, j'ai un cendrier qui m'attend à l'atelier poterie. Je ne voudrais pas qu'on me le vole.

– Tu parles !

– À demain. Dix heures moins le quart, c'est bien ?

– Impeccable. Bonne nuit.

– Bonsoir, Roger.

En raccrochant, je retombe dans le silence de ma

grande maison vide. Que fout Philippe, bon sang ? Je vais l'appeler pour de vrai, puisque la télépathie ne fonctionne plus entre nous. Tiens, j'ai reçu un texto. Il m'envoie certainement un mot d'amour. Il écrit les SMS plus vite que son ombre. Ça le rend très fier. Il m'amuse à tapoter son i-Phone dernier cri de ses doigts appliqués. Il est dans le coup, dans la sphère active, jamais dépassé, jamais largué. Je me moque de lui, mais je l'admire d'être accroché au monde et d'en suivre les évolutions sans rechigner. J'ai le cœur serré à l'idée de le lire.

« Tu viens chercher tes affaires ? »

Un autre m'invite à le rejoindre. Il n'a pas cherché à dissimuler son nom, ni à formuler une demande compliquée. Il a signé « Julien ». J'écris à mon tour :

« Pas ce soir. »

Il ne s'en contente pas, relance :

« Ou alors… je les mets dans ma valise… et on part ensemble ? »

Je devrais répondre : « Pourquoi ? Que veux-tu dire ? En Savoie ? Tu es fou ? » Je devrais garder la tête froide, ignorer l'impatience du corps et le trac qui dilate le cerveau. Quoi qu'il en soit, je ne devrais en aucun cas lui retourner cette question qui semble déjà consentir et abdiquer :

« Où ça ? »

Une minute s'écoule avant que mon téléphone indique la réception d'un nouveau message. Les SMS hachent ma pensée. Nous allons trop vite.

« Tukoné Reykjavik ?

– Non.
– Jé1 bonplan Si tuve
– Quand ?
– 2m1
– Comment ?
– Je pren lébié. Je mokup 2tou.
– Pourquoi ?
– Troto pr ledir. Envi 2vivr otr choz. Envi 2 te fèr découvrir leciel laba Te revoir.
– Vraiment ?
– Ok alor ?
– D'accord.
– Jenvoi lezorèr 2m1. Merci. Bonn8. »

Mon téléphone cesse de vibrer. Ce sprint m'a essoufflée. Je ne maîtrise pas les codes. J'ai déchiffré ses hiéroglyphes. C'est déjà beaucoup. Cette écriture impérieuse et sans équivoque ne laisse aucune place à la tergiversation. Si l'on est heureux, un smiley suffit. On communique comme on mange au fast-food. Ça ne rime à rien. Et rien n'est important. Et moi je pars en Islande avec mon trentenaire. Et pourquoi pas ?

# 23

– Ça te plaît le concept du *blind trip* ?

Julien parsème ses phrases d'anglais comme mes filles. Je lui souris. Il m'a tendu les billets tout à l'heure tel un gage d'amour, d'un air de dire : « Tu vois que je ne t'ai pas menti. Je t'emmène. Regarde où nous en sommes. » Nous avons attendu longtemps, debout face au comptoir d'Icelandair. Lui, excité, spontané, persuadé de laisser filer sa souffrance sur le tapis roulant de l'aéroport. Moi, fragile, émue, étonnée. Il a refusé de me dire où nous allions loger. Une enchère sur internet, des billets à un prix défiant toute concurrence, une impulsion non négociable. J'ai dit oui. J'ai accepté son cadeau. Je n'en sais pas plus. J'ai mis des bonnets et des pulls dans mon sac, prêté ma voiture à Roger, dit à Philippe que je partais trois jours chez Sylviane au fond de l'Ardèche pour répéter notre pièce et je suis venue au rendez-vous.

L'hôtesse à qui nous avons remis nos deux passeports devait avoir une petite cinquantaine d'années. A-t-elle lu nos dates de naissance avant de nous remettre nos cartes d'embarquement ? M'a-t-elle dévisagée en se demandant si j'offrais un voyage à mon jouet du moment ? Nous a-t-elle considérés comme un couple ordinaire en route vers les fjords ? J'ai tressailli ensuite lorsque Julien m'a caressé la joue. La première fois dans un lieu public. Sans nous cacher. Sans avoir honte de notre différence. Je n'ai pas su lui retourner sa tendresse. Il ne me l'a pas reproché. Puis il s'est mis à parler. Volubile, contre toute attente. Il m'a offert un jus d'orange en me racontant des bribes d'enfance, des voyages, ses amis. Des souvenirs gais cette fois. J'ai écouté tendrement.

Lorsque nous sommes entrés dans l'avion, il a soupiré en posant sa tête contre mon épaule. Un steward a remonté le couloir à ce moment-là et s'est arrêté devant moi en m'invectivant gentiment : « N'oubliez pas votre ceinture, madame. » Julien a éclaté de rire et j'ai osé passer ma main dans ses boucles sombres. L'appareil s'est mis à bouger peu après. Il s'est avancé sur la piste, prêt au décollage. Les moteurs ont tourné à plein régime, la voix du commandant de bord s'est tue, l'Airbus a pris son élan et mon chevalier servant m'a embrassée pendant le décollage. Oreilles bouchées par l'altitude, lèvres brûlantes et mains crispées sur l'accoudoir. Suis-je amoureuse ? La question a tourné dans ma tête pendant tout le baiser. Lorsqu'une voix lointaine nous a autorisés à nous détacher, je n'avais toujours pas la réponse. J'ai senti la présence du gros monsieur à côté de nous, apparemment indifférent à nos émotions et bien décidé à commencer sa sieste. Julien m'a murmuré de me détendre. J'ai regardé les nuages un long moment pour essayer de retrouver des repères. Il s'est plongé dans un polar d'Arnaldur Indridason et j'ai continué à fixer les brumes grises à travers les hublots.

Cela fait bientôt une heure que nous volons. L'homme à côté dort maintenant à poings fermés en ronflant au diapason des turbulences que nous traversons. La carlingue vibre de plus en plus. Julien vient de reposer son livre, rassuré que je sourie à son « *blind trip* », comme s'il avait besoin que je valide son initiative.

L'hôtesse aussi blanche qu'un ciel islandais nous apporte des plateaux-repas très mauvais et il m'offre sa mine penaude. Il ressemble à nos débuts avec cet air d'excuse sur le visage. Je frissonne à l'idée de connaître déjà plusieurs facettes de lui. Envisager de changer ensemble me donne le vertige.

– Pardon, c'est immangeable, mais promis : en arrivant on se rattrape, chuchote-t-il.

– Ne t'inquiète pas. C'est très exotique pour moi de manger en classe éco.

– Sérieusement, tu ne voyages qu'en première ?

– Une fois qu'on a goûté au luxe de déplier ses jambes et de manger chaud, on pense naïvement qu'un retour en arrière est impossible. Mais tu vois, je survis. Du moment que tu ne me fais pas dormir à la belle étoile près d'un glacier ce soir, promis je m'adapte.

– Tu me fais rire.

Mes joues s'empourprent. Il pose une main discrète sur ma cuisse. Un coup d'œil vers notre voisin assoupi le rassure et permet à ses doigts de glisser vers le bas de mon ventre. Le désir m'assaille à nouveau. Qu'est-ce qui m'arrive ? Il descend, sûr de lui, puis se met à me caresser le sexe à travers les plis de mon pantalon. Le tissu se froisse et je guette de droite à gauche d'éventuels regards indiscrets. Le personnel navigant s'affaire dans le galet et le dormeur corpulent à mes côtés me cache presque entièrement.

– Laisse-toi faire, susurre-t-il en me posant sur les oreilles le casque audio fourni par les hôtesses. Écoute, ils passent Emiliana Torrini, une artiste de là-bas, ajoute-t-il en nous enveloppant de musique.

La voix fine et sensuelle nous sert de couverture. Il poursuit. J'ai chaud. Nous nous regardons intensément. J'ignore ce que nous tentons de nous dire. Ses doigts vont et viennent, à peine, presque chastes. Mon bassin s'engourdit peu à peu. Ma respiration s'accélère imperceptiblement. La mélodie est belle. J'attends. Je le laisse agir à sa guise. Sans broncher. Il ne se presse pas. Personne ne nous voit. Nous n'avons rien à craindre. Qu'a-t-on à redouter du plaisir ? Il remonte vers ma ceinture, la contourne délicatement. Puis se fraie un passage sous la dentelle. Lentement. « *Ha ha ha hear me laughing ha ha…* » Les paroles enivrantes font le reste. La jeune chanteuse halète à ma place, accompagnant chaque mouvement de Julien. Qui m'effleure. Qui continue à prendre son temps. D'une exquise manière. Je réprime un spasme infime. Il le devine. Ses prunelles se teintent d'un éclat malicieux. Son air de conspirateur m'attendrit, tandis que les sensations grandissent en moi, plus aiguës, plus pressantes. Les soubresauts de l'avion s'intensifient comme s'ils essayaient de m'extirper d'un songe, mais les vibrations de l'appareil accentuent l'excitation. Mes soupirs se conjuguent au bourdonnement des ailes qui se cognent aux nuages. Suis-je amoureuse ? La question lancinante revient tourbillonner au-dessus de nous. La réponse me fait peur. Tout semble s'accélérer. Nous bougeons beaucoup. Le plaisir et l'effroi se mêlent. Je ne sais plus. Je sursaute à présent, comme à l'approche d'un danger, d'un obstacle trop grand pour moi. Il continue malgré les coups, malgré les rafales et les hublots qui frissonnent. Irrésistible ascension. C'est bon. Il y a des trous d'air maintenant. Nous volons par à-coups et nos cœurs se décrochent à chaque fois. Combien de secondes en suspension avant de retomber brusquement ? Drôle de manège. Nous montons et descendons ensemble. Mon ventre se contracte. Je frémis. Je tremble.

Soudain, une interférence coupe le son. Net. La musique s'arrête. L'écran devant nous devient noir. Il y a un grand silence. Puis un message passe dans les écouteurs, glaçant, irréel. Julien retire sa main. Les passagers autour se redressent. Les cous se tendent, les poitrines cherchent un second souffle. La rumeur se propage à la vitesse de l'éclair. Tout se fige.

– *This is an emergency, ladies and gentlemen, this is an emergency…*

Ai-je bien entendu ? Ai-je bien compris ? Le message qui passe en boucle est formel : nous allons tenter une procédure d'amerrissage. Je ne panique pas. D'ailleurs, nous n'entendons pas de cris. Les gens parlent tout bas, comme s'ils craignaient que la mort ne les entende. L'incrédulité domine. Immédiatement suivie d'une résignation minable. Je vais mourir ? Nous allons nous crasher en mer d'Islande. Ça ne me révolte même pas. Je n'en reviens pas. Les images fusent. Je perds la notion du temps. Tout va en accéléré, mais je reste calme et sereine, étrangère à ce qui m'arrive. C'est bizarre cette hiérarchie des souvenirs : pourquoi ce gros brugnon que grand-mère me donnait en cachette ? Que vient-il faire ici ? Parmi les rires sur la plage de Biville, les boîtes de gitanes bleues de papa, ce saint-bernard qui empestait et dont Anne disait qu'il était l'homme de sa vie… Étrange apesanteur de la mémoire en lambeaux. Ce n'est rien. Une vie qui passe comme une traînée dans le ciel. Il faut accueillir la mort. Inutile de chercher un sens. Inutile de lui trouver des excuses. Mais je revois l'accouchement aussi, cette tête renfrognée, oblongue, magnifique, les yeux troublants de Lise, son premier regard comme une accusation sur le monde. J'ai cette pensée fugace et déchirante pour les enfants. Comme si je les serrais contre moi, je les vois tout entières. Mes filles. Elles me traversent. Elles me bouleversent. Je les sens comme si elles étaient là, encore dans mon ventre, avec moi, dans cet adieu silencieux. Mon Dieu, elles sauront. Elles comprendront que leur mère les a abandonnées pour se payer du bon temps avec un minet. Et ma Sidonie, Arthur si petit encore. Oh non ! Au secours, Philippe ! Je t'en supplie. Sauve-moi. Je vous aime plus que tout. Tu le sais.

L'hôtesse de tout à l'heure accourt en levant les bras, plus pâle encore que tout à l'heure. Plus personne ne la voit. Elle s'agite comme un pantin, impuissante. Je ne l'écoute même pas s'égosiller à travers la rangée. Pourquoi se fatigue-t-elle ainsi ? On se moque de sa conscience professionnelle. Qu'elle vive comme nous ses derniers instants dans le recueillement. Pour elle seule. Nous allons chuter à pic dans quelques minutes et nous abîmer en mer. Qu'elle prie ou qu'elle se taise, mais qu'elle accepte notre lot à tous : c'est la fin. Pourtant, après quelques secondes ses mots me pincent, c'est impossible, inespéré ! Elle est en train de crier :

– *It's a mistake ! A mistake !*

Tout à coup, les gens braillent. C'est maintenant que les voix se lèvent. Puisque la vie reprend ses droits. Le chef de cabine se confond en excuses. Le système audiovisuel a rencontré un dysfonctionnement et, en voulant relancer les appareils, un steward a malencontreusement activé une procédure automatique d'urgence. Un message erroné. Personne ne va mourir. Les perturbations sur ce vol sont tout à fait habituelles. Il n'y a aucun problème. Une grande vague de protestation se fait entendre aussitôt. Une manière d'être vivant sûrement. Notre voisin sort de sa torpeur autant que de ses gonds. Je ne comprends pas un mot de ce qu'il lui postillonne à la figure, mais je n'aimerais pas être à sa place. La malheureuse n'y est pour rien et gère du mieux qu'elle peut cette situation de crise insolite. Harcelée de questions par les plus sceptiques, elle jure que tout est normal, tandis que deux adolescentes pleurent près des toilettes dans lesquelles un homme vomit. Heureusement pour elle, la majorité demeurent comme moi hébétés, l'œil torve et les muscles flanchants, hésitant entre la béatitude et le désespoir. Nous sommes là. C'est l'essentiel.

Je vais vous revoir. Reprendre ma place dans notre lit, jouer avec nos petits, me bâfrer de macarons, m'enflammer devant les débats politiques à la télé, te masser les orteils, Philippe, exactement comme tu adores, te dire à quel point je t'aime, à quel point je ne peux ni vivre ni mourir sans toi, me régaler de ton esprit, de ton humour, de tout ce qui m'a fait passer mes plus belles années près de toi. Nous sommes sauvés.

– Ça va ? me demande Julien d'un timbre chevrotant.

– Oui. Ça va même très bien, dis-je d'un ton ferme et triomphal.

– Ça a un peu cassé l'ambiance…

– C'est le moins que l'on puisse dire.

– Je vais aller me rafraîchir. Tu peux me laisser passer, s'il te plaît ?

– Je t'en prie. À tout de suite.

Je le regarde partir en souriant. Je suis vivante. Tout est fini.

*Composition IGS-CP*
*Impression : Imprimerie Floch, janvier 2011*
*Éditions Albin Michel*
*22, rue Huyghens, 75014 Paris*
*www.albin-michel.fr*

*ISBN : 978-2-226-21851-3*
*N° d'édition : 18974/01 – N° d'impression : 78446*
*Dépôt légal : février 2011*
*Imprimé en France.*